Über das Buch

Während ich diese Zeilen schreibe, sitze ich tatsächlich dort, wohin ich mich vor meiner Pensionierung geträumt habe: Vormittags am Tisch eines Straßencafés in der Fußgängerzone meiner Heimatstadt.

Das ausgedruckte Manuskript sonnt sich neben einer Tasse Yellow Bourbon und wartet darauf, dass mein Bleistift noch die leere Stelle hier auf Seite zwei füllt.

Alle Geschichten in diesem Buch sind erfunden – manche sogar frei erfunden. Einiges in ihnen meine ich so erlebt zu haben.

Die Schauplätze entstammen im weiteren Sinne dem Leben der Schule bzw. der Schule des Lebens – ganz wie es der Leser empfinden mag.

Auf jeden Fall freue ich mich über eine Rückmeldung auf meiner Facebook-Autorenseite:
www.facebook.com/hanswernerluecker

Hans-Werner Lücker im August 2017

Über den Autor

Hans-Werner Lücker, geboren 1953, ist pensionierter Gymnasiallehrer mit den Fächern Mathematik, Physik und Informatik. Er widmet sich seit neun Jahren dem Schreiben und dabei vor allem der Lyrik. Sein Erstlingswerk „Gedanken stapeln, Worte pflegen, Sprüche klopfen" erschien im Dezember 2016.

Zur Zeit plant er, weitere der in seinen Notizbüchern ruhenden Gedichte herauszugeben und – wie im vorliegenden Buch – neue Projekte aus der erzählenden Literatur in Angriff zu nehmen.

Hans-Werner Lücker

Das Klassenbuch

und neun weitere Geschichten

www.tredition.de

Ich danke ganz herzlich den Schülerinnen und Schülern der Klasse 10e (Schuljahr 2016/17) am Rhein-Wied-Gymnasium in Neuwied für ihre engagierte Mitarbeit am Umschlagfoto und ihren Eltern für die Einwilligung in seine Veröffentlichung.
Die Klasse hatte Klasse und war eine Klasse für sich.

© 2017 Hans-Werner Lücker

Verlag: tredition GmbH, Hamburg
ISBN: 978-3-7439-4691-0 (Paperback)
       978-3-7439-4692-7 (Hardcover)
       978-3-7439-4693-4 (e-Book)
Printed in Germany

INHALT

Das Klassenbuch

Albert Kohl inspiziert über die Gläser seiner Brille hinweg die im Klassenraum stehend versammelte Schülerschar, während er das auf seinem linken Unterarm ruhende Klassenbuch behäbig mit der rechten Hand Seite für Seite umblättert.

Es scheint wieder einmal keine Ruhe unter den dreißig Jungs aufkommen zu wollen. Wie er es hasst – dieses morgendliche Ritual!

Und wie es die Neuntklässler hassen! Jetzt stehen sie sich schon minutenlang die Beine in den Bauch und ihr Englischlehrer hat nichts Besseres zu tun, als sie anzuglotzen und sich dabei von der ersten Seite des Klassenbuchs in Richtung der aktuellen durchzublättern. Das kann heute – kurz vor dem Schuljahresende 1968 – noch ewig lange dauern.

Die Uraufführung dieses Schauspiels fand am ersten Schultag statt, als Herr Kohl die Klasse – ohne sich weiter als ihr neuer Englischlehrer vorzustellen – mit einem gegähnten „Get up!" anwies, gefälligst aufzustehen.

Er hielt das geöffnete Klassenbuch in seinen sehnigen Händen und musterte mit einem langsam durch den Raum streifenden Blick jeden einzelnen seiner neuen Schüler.

Und diese musterten zurück. Zwar kannten sie ihn schon von der Pausenaufsicht, doch hatten sein viel zu langer Trenchcoat und die übergroße pechschwarze Baskenmütze ihnen die Details vorenthalten, die sie jetzt wahrnehmen konnten.

Die dunkelbraune Feincordhose hielt an der großen, aber dünnen Gestalt nur mit Hilfe eines breiten Kunstledergürtels, der – irgendwo hoch zwischen Bauchnabel und Brustwarzen – den schmächtigen Leib zusammenschnürte. Das spärliche, fettige Haar verlor sich – nach hinten gekämmt – auf dem für die Körpergröße zu klein geratenen Schädel und durch die randlose Brille schauten zwei zu Spalten verkniffene Augen. Oder waren es etwa Schlitzaugen?

„Who is absent today?". Albert Kohl beendete sein stummes Durchmustern der Jungs, die sich verwundert ansahen. Wer fehlt denn schon am ersten Schultag nach den Sommerferien?

Weil niemand antwortete, verkündete ihr neuer Englischlehrer das Ende der Premiere seines Kontrollstückes: „Sit down!".

Alle Englischstunden sollten nun auf die gleiche Weise beginnen. Der restliche Unterricht erschöpfte sich in einem Vorlesemonolog des Lehrers, einer kurzen auf Englisch geführten Frage-Antwort-Unterhaltung – Herr Kohl übernahm darin beide Parts – und einer endlosen Litanei über Gott und die Welt in akzentfreiem Deutsch.

„Ihr seid so schlecht! Meine Frau unterrichtet am Mädchengymnasium und hat dort ein um Welten besseres Publikum", schimpfte er nicht nur einmal.
Nein – es war kein Schimpfen – er jammerte und verzog dabei seinen Mund, als hätte er an einem Glas Essig genippt.

8

Die Folgen solcher Äußerungen für die Mitarbeit seiner Schüler waren das Gegenteil dessen, was er sich – wenn überhaupt – davon erhoffte.

Albert Kohl mochte seinen Beruf nicht. Er schien zu leiden – auch körperlich. Wenn er wieder mal über seine Magenschmerzen klagte, machte das ihn und seinen dürftigen Unterricht allerdings für die Neuntklässler nicht gerade interessanter.

Anfangs hätten sie noch Mitleid empfinden können, doch sie meinten bald Grund genug zu haben, ihn nur noch ihre Ablehnung spüren zu lassen.

„Sie werden uns überrollen, unsere Kultur zerstören und die Weltherrschaft übernehmen", prophezeite Herr Kohl eines Tages seiner Klasse. Die Schüler schauten sich ungläubig an.

„Wer kriegt denn in Deutschland noch annähernd so viele Kinder wie die?", schob ihr Englischlehrer nach.

Von wem sprach dieser Mann? Doch der fuhr fort: „Heute sind es schon fast eine Milliarde und bald wird es auf der Erde nur noch Chinesen geben. Dann spricht niemand mehr Englisch."

Die jungen Männer – mitten in der Pubertät – grinsten. Sie konnten und wollten ihren Lehrer nicht mehr ernst nehmen.

Seit diesem Tag war die „Gelbe Gefahr" allwöchentlich in Herrn Kohls Stundenpredigt präsent. Vielleicht litt er ja unter einer China-Phobie. Für die Jungs war er jedenfalls nur noch ein lächerlicher Kauz, dem sie den Spitznamen „Chinakohl" gaben.

Die Stunden, in denen Englisch gelehrt und gelernt werden sollte, gerieten im Laufe des Schuljahres für Lehrer und Schüler zu einem Martyrium.

Neben dem auf beiden Seiten verhassten Anfangsritual erwies sich für die Neuntklässler ihr „Chinakohl" einfach als ungenießbar.

Erst gestern hatte er wieder lamentiert: „Die Chinesen stehen schon vor der Tür."

Endlich hat Albert Kohl für heute das Klassenbuch durchgeblättert. Die Unruhe unter den Schülern hält an.

Der Lehrer schlitzt mit seinen verkniffenen Augen die Jungengruppe förmlich auf und hebt an: „Who is absent ...?".

Ein fürchterlicher Knall lässt ihn jäh verstummen und das Klassenbuch quer über die Schülerköpfe hinweg durch den Raum schleudern.

Christian – der stillste unter den Jungs – hat sich getraut, den König unter den Feuerwerkskrachern zu zünden: Die Reste eines Kanonenschlags schweigen betreten auf dem Fußboden.

Und „Chinakohl" ringt nach Luft: „Jetzt sind sie da!".

Der Klassenprimus

Die Kirche füllt sich langsam. Wir haben uns schon frühzeitig hier eingefunden, weil meine Frau unserem Auto noch ein Stelle freien Asphaltes auf dem alten, direkt vor dem Gotteshaus gelegenen Marktplatz gönnen wollte.

Dass wir jetzt – an einem kühlen Februarabend – auf harten Holzbänken hocken, könnte uns als eingefleischte Kirchgänger erscheinen lassen. Aber nein – ein Gottesdienst sieht uns allenfalls mal an Weihnachten.

Heute ist ein Orgel- und Chorkonzert angesagt, obwohl wir auch nicht wirklich Anhänger barocker Kirchenmusik sind. Trotzdem habe ich eben die zwei Eintrittskarten am Eingang vorgezeigt, die ich einige Tage zuvor mit einem Glas Champagner zu meiner Pensionierung geschenkt bekam.

Es liegt einzig und allein am Hauptdarsteller des Konzertes, dass wir jetzt hier sitzen und ihn erwarten – den weltweit renommierten Professor für Orgelmusik und ehemaligen Klassenkameraden aus meiner Schulzeit.

Während ich das Programm studiere, in dem neben einem Jugendkammerchor auch die Tochter des Professors als Klarinettistin angekündigt wird, strömen immer noch Besucher in das Gotteshaus.

Örtliche Prominenz vom Sparkassendirektor bis zum Oberbürgermeister und solche, die sich für mindestens genauso wichtig halten.

Letztere schreiten durch den Mittelgang der Kirche und nicken selbstgefällig nach rechts und links vermeintlichen Bekannten zu, um sich dann in den vorderen Bankreihen ihrer Mäntel so zeitlupenartig zu entledigen, dass sie auch ja von allen wahrgenommen werden. Warum sonst müssten sie – mit dem Rücken zum Altar – ewig lange zum Eingang blicken?

Punkt 18 Uhr räuspert sich der Veranstalter des Konzertes – der Vorsitzende eines örtlichen Wohlfahrtverbandes – ungeschickt laut ins Mikrofon und hebt zur Rede an.

Er müht sich, mit weitschweifenden Ausführungen über benachteiligte Jugendliche im Bildungssystem den Benefizcharakter des Abends herausstellen. Doch immer wieder fällt das Mikrofon aus. Ich verstehe ihn nicht – akustisch und inhaltlich.

Mein Blick schweift hoch zur Orgelempore. Dort steht – schlank und groß mit silberblondem, noch vollem und kurzgeschnittenem Haar – mein Schulkamerad. In kerzengerader Körperhaltung beobachtet er das Geschehen unter sich. Es will mir so scheinen, dass sich unsere Augen für einen Moment begegnet sind.

Der nächste Redner hüstelt vor sich hin. Ich schaue wieder nach vorne und in Gedanken fünfundvierzig Jahre zurück.

Er saß in der Oberstufe einen Schultisch von mir entfernt – schlank und groß mit strohblondem, kurzgeschnittenem Haar. Die Wahl des mathematisch-naturwissenschaftlichen Zweiges hatte uns nach der gemeinsamen Unterstufe und vier – aufgrund der

12

zweiten Fremdsprache – klassengetrennten Folge-jahren wieder zusammengeführt.

Hatte ich als Sextaner noch keinen Sinn dafür entwickelt, so fiel mir jetzt auf, wie gewählt er sich auszudrücken verstand. Während wir Spätpubertäre der Lässigkeit der 68er nicht nur im Outfit sondern auch in sprachlicher Hinsicht nacheiferten, formulierte er im Unterricht und in den Unterhaltungen auf dem Pausenhof seine Wortbeiträge geradezu druckreif.

Dabei sprach er nicht sonderlich viel oder laut – ganz im Gegensatz zum selbsternannten Wortführer unserer Klasse, den ich schon damals nur den Lauten nannte und der bis heute ein Großmaul geblieben ist.

Der stille Blonde war ein guter – nein – ein sehr guter Schüler, der nie über seine Schulnoten sprach.

Als ich einmal mit zwölf Seiten Rechenaufwand stolz eine Zwei unter meiner Mathematikarbeit registrierte, konnte ich unter seiner nur vierseitigen Ausführung die Eins entdecken.

Eigentlich galt sein Interesse eher den sprach-lichen und musischen Fächern, die ihm – wie ich einmal am Tag der Zeugnisausgabe aus den Augenwinkeln erspähen konnte – allesamt gute und sehr gute Noten bescherten.

Die Tatsache, dass er zusätzlich auch noch ein patenter Sportler war, kürte ihn für mich zum unangefochtenen Klassenprimus im positiven Sinne des Wortes.

Mit seiner für einen Achtzehnjährigen ungewöhnlich abgeklärten und erwachsenen Art war er der Reife seiner Mitschüler um Jahre voraus.

Eine Sturmbö aus der Orgel hinter mir reißt mich aus meinen Gedanken. Laut Programm wehen Johann Sebastian Bachs Präludium und Fuge G-Dur (BWV 541) über die Köpfe der Zuhörer hinweg. Das Klassikgreenhorn in mir empfindet die Töne als erfrischend und belebend.

„Wieso applaudiert denn niemand?", fragt mich meine Partnerin am Ende des Orgelspiels und lässt die schon erhobenen Hände wieder auf ihren Schoß sinken.

Ich zucke mit den Schultern und schüttele verständnislos den Kopf. Diesem will das nächste Bach-Stück – Vater unser im Himmelreich (BWV 682) – nicht so recht gefallen.

In den aneinandergereihten und miteinander vertrackt verstrickten Orgeltönen kann ich keine sich wiederholende Weise entdecken.

Mir fällt der ärmliche Mann ein, der sich allabendlich vor unserem Herbsturlaubshotel seine Fingernägel auf einem als Rhythmusinstrument gedachten Stück Wellpappe abwetzt, während eine beliebige Tonfolge seinen zahnlosen Mund verlässt.

Dann schweigt die Orgel – wieder kein Applaus.

Der Jugendkammerchor betritt den Altarraum. Die Augen der zweiundzwanzig jungen Frauen und dreizehn ebenso jungen Männer heften sich an Mund und Hände des etwa vierzigjährigen Chorleiters, der seine Schäfchen durch einen Liederkreis klassischer Altpolyphonie führt.

Dreizehn junge Männer – wie wir damals in der Oberprima. Ich scanne die Gesichter, studiere ihre

Mimik und ertappe mich dabei, in sie die Charaktere meiner ehemaligen Mitschüler zu projizieren.

Rechts der Schüchterne, der seinen Mund kaum öffnet und ständig mit unsicherem Augenaufschlag den Blick seiner unmittelbaren Mitsänger sucht.

Daneben der Laute, der ins Publikum strahlt und so tut, als ob er seine Noten- und Textkladde nicht benötigen würde, was ihn gelegentlich ein paar Töne aussetzen lässt.

„Um große Spuren zu hinterlassen, bedarf es eben auch eines entsprechenden Profils", denke ich mir in Erinnerung an den Lauten aus meiner Klasse.

Und annähernd in der Mitte der Gesangsgruppe – schlank und groß mit strohblondem, kurzgeschnittenem Haar – der Primus der Chorklasse.

Er singt mit dem ganzen Körper. Dabei legen seine Lippen jeder Tonsilbe eine prägnante Kontur an.

Seine Augen konzentrieren sich lesend auf die Gesten des Dirigenten und danken diesem am Ende der Liedvorträge mit einem verhaltenen Lächeln.

Und wieder kein Applaus.

Das Programmheft kündigt nun meinen Klassenkameraden und seine Tochter mit einer Sonate von Johannes Brahms für Klarinette und Klavier an.

Während alle Konzertbesucher nach vorne in den Altarraum stieren, drehe ich mich um, damit ich das Geschehen auf der Orgelempore verfolgen kann.

Tochter und Vater nehmen ihre Plätze ein. Er nickt ihr aufmunternd zu, zählt stumm zum Einsatz runter und lässt beim Erklingen des ersten Klarinettentons ein väterlich stolzes Lächeln über sein

Gesicht huschen. Dann widmet er sich auf der Orgelbank in kerzengerader, fast majestätisch wirkender Sitzhaltung seinem Part.

Sie, die ihrem Vater wie aus dem Gesicht geschnitten gleicht, steht im Scheinwerferlicht am Emporengeländer und wiegt ihren Oberkörper im Takt der Musik.

Ich schaue wieder nach vorne, schließe die Augen, lausche den Tönen und falle in vergangene Bilder.

Ihre Musikalität erbte die Klarinettistin wohl von ihrem Vater. Er, der schon vor der Abiturprüfung mit einer Ausnahmegenehmigung das Studium an der Musikhochschule aufnehmen durfte, hatte mir sein Talent bereits in der Unterstufe auf eindrucksvolle Art demonstriert.

Der strenge Musiklehrer hieß uns beide, das Lied „Der Mond ist aufgegangen" zweistimmig vorzutragen.

Ich fiel mit der mir zugewiesenen zweiten Stimme nach ein paar Tönen schräg in die erste Stimme meines unwiderstehlich gut singenden Partners.

Er durfte damit in den Schulchor – ich nicht.

Die nächste Liederrunde des Jugendkammerchores beginnt. Die jungen Sängerinnen und Sänger strahlen während ihres Vortrages eine solche Natürlichkeit in ihrer Begeisterung für den Gesang aus, dass ich es wage, meine Zweifel daran, ob diese Generation noch die Welt retten kann, zu verwerfen. Zu guter Letzt platzt auch der Knoten in den Händen der versammelten Zuhörer. Sie applaudieren. Endlich.

Und sie spenden nun ihren Beifall nach jedem der noch folgenden Beiträge. Mein Klassenkamerad und seine Tochter überzeugen die Konzertbesucher mit der Klarinettensonate op. 107 von Max Reger, die ich wie eine schwertragende Filmmusik empfinde und die meinen Blick über die Bankreihen hinter mir streifen lässt.

Was mutet dieser denn meinen Augen zu? Ich erkenne ihn sofort – den Lauten aus meiner Klasse. Dieses Gesicht, das immer – gleich in welcher Situation – herablassend zu grinsen scheint.

Der Applaus für Vater und Tochter lenkt meine Aufmerksamkeit wieder auf das künstlerische Geschehen.

Der Jugendkammerchor trägt zum Abschluss fünf zeitgenössische Kompositionen auf eine solch peppige und erfrischende Art vor, dass die Zuhörer nach Verklingen des letzten Tones zu stehenden Ovationen hingerissen werden.

Orgelprofessor und Klarinettistin verlassen die Empore und gesellen sich zur Jugend im Altarraum. Die Tochter geht – der Vater schreitet.

Der anfangs eingesparte Beifall scheint nun nachgeliefert zu werden. Die Tochter strahlt – der Vater lächelt. Es will mir so scheinen, dass sich unsere Augen für einen Moment begegnet sind.

„Das genügt dir – voll und ganz," stellt meine innere Stimme zufrieden fest, als ich meine Frau liebevoll bestimmt in Richtung Ausgang dirigiere.

Links neben der altehrwürdigen Kirchentür lungert doch tatsächlich noch der Laute aus der Oberprima. Ich sehe es ihm genau an – er wartet lauernd auf den Klassenprimus, der mir jetzt schon leid tut.

Die Kirche leert sich langsam.

Der Klassenclown

Warum die Überschrift hier im Singular steht, obwohl sich keine einzelne konkrete Person hinter ihr verbirgt?

Weil ein solcher Clown, wenn es ihn denn in einer Klasse gibt, immer als Einzelexemplar in Erscheinung tritt.

Kämpfen mehrere Schüler und Schülerinnen um diese Rolle, gibt es am Ende nur einen Sieger oder eine Siegerin. Ob der oder die sich dann auch als Gewinner bzw. Gewinnerin fühlen kann, steht auf einem anderen Blatt.

Im Weiteren will ich mich nicht an der aktuellen Genderdiskussion beteiligen und aus stilistischen Gründen immer von ihm – dem Klassenclown – sprechen.

Warum überhaupt einen Beitrag über diesen Schülertypus schreiben, wo doch jeder von uns ihn in der Schule selbst erleben durfte oder musste?

Weil die drei bis vier verschiedenen Lerngruppen, die z.B. ein Gymnasiast in seiner gesamten Schulzeit durchläuft, auch nur ebenso viele – oder besser gesagt wenige – Klassenclowns hergeben. Mir sind in meinen knapp vierzig Lehrerjahren dagegen ein paar hundert dieser Exemplare begegnet.

So soll das Folgende ein hoffentlich unterhaltsamer Versuch sein, eine Klassenclown-Typologie zu entwerfen, die keinen Anspruch auf hochtrabende pädagogische oder psychologische Erkenntnisse erhebt.

Der Spaßmacher

Er verfügt, weil er immer den passenden Spruch genau zum richtigen Zeitpunkt auf Lager hat, über echtes Bühnentalent.

Wirklich böse kann ihm kein Lehrer sein, denn der Spaßmacher ist im Allgemeinen kein schlechter Schüler. Im Gegenteil. Er schafft den Lernstoff mit links, sammelt gute Noten und findet deshalb in der Lerngruppe gleich zweifache Anerkennung.

Man lacht nicht über ihn selbst, sondern über das, was er – und vor allem wie er dieses – seinem Publikum präsentiert.

Alex war ein Schüler, der seine Lehrer nicht nur imitierte – er parodierte sie.

Als ich einmal etwas zu früh in den Klassenraum kam, saß er am Lehrertisch und spielte den Sozialkundekollegen, den er in Mimik und Körperhaltung fast übertraf.

Er legte der Figur Worte in den Mund, die in ihrer inhaltlichen Überspitzung kabarettreif waren: „Die römischen Verträge können heute die Italiener – die Nachfahren der Römer – selbst kaum noch vertragen."

Ich konnte nicht anders, als herzhaft zu lachen und ihn mit dem Namen des Kollegen zu begrüßen.

Dass der junge Mann zu dieser Zeit schon an der Bühne einer Großstadt kleinere Rollen spielen durfte, erfuhr ich von ihm erst auf der Abiturfeier seines Jahrganges. Als er dann weiter ankündigte: „Ich habe mich für einen Platz auf der Schauspielschule beworben", wusste ich, dass er seinen Weg machen würde.

Übrigens ist der Spaßmacher in seiner Reinform eine eher seltene Ausprägung des Typus Klassenclown.

Der Versager

Er merkt schnell, dass er leistungsmäßig in der Lerngruppe nicht punkten kann. Weil er aber in Sachen Anerkennung mitmischen will, schaltet der Versager auf pure Blödelei um.

Er bemüht sich nicht sonderlich um Sinn und Inhalt seiner Auftritte, sondern es reicht ihm, Unfug am laufenden Band zu liefern.

Er ist für jede Lehrperson der Inbegriff der Unterrichtsstörung, was ihm seitens seiner Mitschüler mit der Art von Beifall gezollt wird, die ihn zu weiteren Untaten anspornt.

Der Versager brilliert als Klassenclown mit Aktionen, die sich sonst keiner traut. Mit dem Mut zur Frechheit kompensiert er seine intellektuellen Defizite.

Er merkt bei allem aber nicht, dass er seinen Mitschülern als bloßes Belustigungsinstrument dient. Sie lachen mehr über ihn als über seine Taten.

Der Prototyp eines Versagers begegnete mir, als ich in die siebte Klasse kam. Bernd, der das Schuljahr wiederholen musste, saß plötzlich vor mir. Er war einen Kopf größer als der Rest der reinen Jungenklasse und schon im Stimmbruch. Und er war frech.

Bernd sammelte Klassenbucheinträge. Keiner kam an seinen Rekord von an die dreißig Bemerkungen heran. Eigentlich hätte er noch mehr verdient.

Es gab keine Stunde, in der er nicht unsere Lehrer zur Weißglut trieb. Seine Noten ließen derweil alles zu wünschen übrig.

Während einer Musikstunde beim überstrengen Musiklehrer hatte Bernd nichts anderes zu tun, als in das Holz des einklappbaren und am Stuhl befestigten Minitisches einen Spruch zu ritzen.

„Reich mir die Hand mein Leben – ich will dir eine kleben!", stand am Stundenende dort gut leserlich geschrieben. Ich bewunderte Bernd für seinen Mut, aber für sonst nichts.

Im nächsten Schuljahr war er nicht mehr in meiner Klasse. Nach der zweiten Nichtversetzung in Folge musste er das Gymnasium verlassen.

Der Versager beendet nur selten seine Karriere mit einem Schulabschluss. Er muss meistens frühzeitig gehen und macht dadurch Platz für neue Bewerber um die Clownsrolle.

Der Rollenwechsler

Zunächst ist er einer der üblichen Außenseiter, wie sie uns als das Mamasöhnchen, der Lispler, der Fette, der Zwerg, der Stotterer, usw. in der Schulzeit begegnet sind.

Das Schicksal solcher Einzelgänger wird durch Ablehnung, Auslachen, Hänseln, Verhöhnen und gar

Quälen seitens der Mitschüler bestimmt. Dies lässt nun den Rollenwechsler notgedrungen handeln.

Er versucht, sich von der Außenseiterrolle zu befreien, indem er das ihm angehängte Defizit zum Spaßprogramm umfunktioniert und den Klassenclown mimt.

Dirk war ein kleinwüchsiger Schüler, der vor allem von den Jungs seiner Klasse nur herumgeschubst wurde.

Nachdem er sich einmal vor dem Unterricht der nicht ganz fähigen Englischlehrerin im Klassenschrank versteckt und während der Stunde, ohne entdeckt zu werden, Klopfzeichen abgegeben hatte, ließen die Hänseleien der Mitschüler nach.

Zu Beginn der Mathematikstunden setzte sich Dirk regelmäßig unter das Pult des Lehrers und wartete, bis dieser ihn schließlich unter dem anerkennenden Gelächter der Klasse auf seinen Sitzplatz dirigierte oder gelegentlich auch trug.

Als das Auto der Französischlehrerin einmal so eng zugeparkt war, dass sie selbst nicht mehr an die Klassenarbeitshefte gelangen konnte, half ihr der kleine Klassenclown. Seitdem hatte er bei ihr einen Stein im Brett.

Der Sportlehrer berichtete, dass die Mitschüler beim Fußballspiel mit Dirk immer ihren Spaß hatten, wenn er sich nach jedem kleinsten Körperkontakt fallen ließ und übertrieben laut schreiend auf dem Boden wälzte.

Sicher war das mit ein Grund dafür, dass er im Schulalltag nicht mehr herumgeschubst wurde.

Bisweilen emanzipiert sich der Rollenwechsler in seiner Klasse derart, dass er nach einiger Zeit die Klassenclownrolle schadlos einem Mitschüler überlassen kann, denn wirklich gewollt hat er sie nicht.

Der Pubertäre

Er sucht die Konfrontation mit der Welt der Erwachsenen. Da ihm offensichtlich die maximal zwei potentiellen Gegner aus dem Elternhaus nicht reichen, tobt er sich am Lehrkörper aus.

Er treibt das für die Pubertät typische Machtspiel derart auf die Spitze, dass er von seiner Altersgruppe als Stellvertreter für deren gewollte, aber nicht gewagte Rebellion anerkannt und bewundert wird.

Der Pubertäre weiß um die individuellen Schwächen seiner Lehrer und nutzt dies zu gezielten Provokationen. Seine eigene Genugtuung ist ihm dabei mindestens so wichtig wie die Anerkennung als Klassenclown seitens der Mitschüler.

Ob die folgenden Untaten, die auf das Konto von Vertretern dieses Typs gehen, sich wirklich zugetragen haben?

Die Antwort darauf soll der Lesereinschätzung überlassen bleiben, denn unglaublich unglaubhaft klingen sie schon.

Anton schlug während des Abspielens einer Mozartoper mit einem dicken Hammer einen riesigen Nagel in die Wand des Musiksaals und hängte seine Jacke daran auf.

Die Musiklehrerin meinte lapidar: „Sei bitte leise!"

Bodo nahm seinen Lehrer – einen in der Industrie gescheiterten Chemiker mit Doktortitel – nicht für voll.

Dieser war bei einem seiner wenigen Experimente wieder mal mehr mit sich selbst als mit der lärmenden Lerngruppe beschäftigt.

Als es schließlich zischte und knallte, sprang **B**odo nach vorne, umarmte den kindlich verlegen lächelnden Experimentator und bat ihn unter dem Gegröle der Mitschüler um ein Autogramm. Und er erhielt es.

Christian hatte immer Hunger. Während einer Religionsstunde öffnete er ein Glas Würstchen und verschlang seinen Inhalt wohl zu hastig.

Jedenfalls rülpste er derart laut, dass der katholische Schulpfarrer erschrocken von seinem Pult aufblickte.

„Es ist nichts passiert!", beruhigte ihn **C**hristian und steckte sich eine Zigarette an. Er rauchte sie in Seelenruhe zu Ende , während der Lehrer den Klassenraum verließ, um – wie er empört ankündigte – den Direktor zu holen.

Dieter saß in der letzten Reihe des Biologiesaals. Auf den Tischen lagen tote Forellen verteilt, weil das Sezieren eines Fisches auf dem Programm der jungen, engagierten Lehrerin stand.

Aber **D**ieter – der ausgewiesene Klassenclown – hatte mit seinem Nachbarn gewettet, dass er sich heute das trauen würde, was sich noch niemand im Unterricht gewagt hätte.

„Was machst du da unter dem Tisch?", fragte ihn die herannahende Biologielehrerin. Vor den beiden lag nur eine Forelle. „Ich habe euch doch zwei Fische gegeben."

„Ich habe mir einen runtergeholt", grinste sie der Gefragte an. Die junge Frau blieb auf der Stelle stehen und rang nach Luft. Sie war sprachlos und blieb es.

Der Pubertäre ist der am häufigsten vorkommende Klassenclowntyp. Meist – aber nicht immer – gibt er sein Rolle auf, wenn er seine Flegeljahre durchlaufen hat.

Der Unterforderte

Zunächst langweilt er sich im Unterricht – und das chronisch. Da er alles sofort versteht, hat er nicht die geringste Lust, sich an den notwendigen Übungsphasen zu beteiligen. Er klinkt sich aus und gerät innerhalb der Lerngruppe in Isolation.

Viel lieber widmet er sich Ersatzbeschäftigungen wie Zauberwürfeldrehen, Comic-Lektüre und mit dem Zirkel Löcher in die Tischplatte bohren, um sich die Zeit zu vertreiben.

Aber auch dies ist dem Unterforderten auf die Dauer zu langweilig. Nach ersten spontanen Probeschüssen mischt er mit gezieltem Störfeuer das Unterrichtsgeschehen auf und erfreut sich an seiner hohen Pointentrefferquote.

Markus rechnete alles im Kopf. Während Lehrer und Mitschüler sich noch schriftlich um die Ergebnisse mühten, rief er sie einfach laut in den Klassenraum.

Auch brauchte er oft nur ein einziges Stichwort, um einen passenden Bibelspruch oder treffenden Faust-Vers zu zitieren. Und dennoch wollten sich Religions- und Deutschlehrer nicht daran begeistern.

Im Physikunterricht zeigte sich Markus immer dann auf seine spezielle Art erfinderisch und kreativ, wenn der Lehrer zu lange im Vorbereitungsraum verschwunden blieb, um sein Experimentiermaterial zusammenzustellen.

Einmal baute er mit den Stühlen aus der ersten Bankreihe kunstvoll einen Turm. Da er dazu einen auf dem Tisch stehenden Stuhl bestieg, reichte das labile Bauwerk schließlich bis unter die Raumdecke.

Die marginale Berührung des hereinrollenden Lehrertisches reichte, um den Turm unter lautem Gepoltere zum Einsturz zu bringen.

Ein anderes Mal griff Markus zu der Riesenrolle Papierhandtücher, die neben dem Waschbecken stand. Er wickelte sich damit von Fuß bis Kopf – genau in dieser Richtung – ein und legte sich auf den langen Experimentiertisch.

Er rührte sich kein bisschen, als der Physiklehrer wieder in den Raum kam. Diesem blieb nichts anderes übrig, als Markus eigenhändig aus seinem Ganzkörperverband zu schälen.

Der Unterforderte kommt mit seinen eigenwilligen Aktionen nicht unbedingt bei den Mitschülern an. Oft gerät er sogar noch mehr in Isolation.

Dass er in der Regel keine guten schulischen Leistungen liefert, macht es für Lehrer und Eltern so schwierig, den wahren Grund für sein Verhalten zu erkennen.

Gelingt dieses aber, dann wird dem Unterforderten bei geeigneten Maßnahmen die Chance eröffnet, nur ein Klassenclown auf Zeit gewesen zu sein.

Zum Schluss noch eine Bemerkung zu der anfangs angedeuteten Geschlechterfrage:

Während meiner gesamten Dienstzeit ist mir in den überwiegend gemischten Lerngruppen nicht ein einziger weiblicher Klassenclown begegnet. In meinen wenigen reinen Mädchenklassen gab es diesen Schülerinnentyp überhaupt nicht.

Der laut Duden erlaubte Begriff „Clownin" liest sich ja auch irgendwie seltsam – oder?

Die Klassenfahrt

Ich habe Angst und mir ist kalt." Schon wieder meldet sich dieser Satz in Stefans Kopf, als er zum x-ten Mal bis tausend gezählt hat.

Er liegt in seinen Kleidern unter einer Wolldecke in der verdammt engen Vierbett-Kajüte der *Kalme Zee* und wartet darauf, dass seine Zellengenossen endlich ihre Klappe halten.

„Herzog – warum hast du denn die Sweatshirtkapuze über deinen Schrumpfkopf gestülpt?", fragt die Lästerstimme in der Pritsche über ihm.

Die beiden anderen Insassen grölen – wohlwissend aber, dass sie von Stefan kein Wort hören oder eine sonstige Reaktion registrieren werden.

Es war der erste Schultag nach den Sommerferien, als der neue Deutsch- und Klassenlehrer Herr Grünwald den Schülern verkündete: „Wir gehen im Frühjahr auf Klassenfahrt."

Der Satz stieß durch Stefans Ohren und durchlöcherte seine Denkzentrale. Aus Grünwalds Mund erreichten ihn nur noch Wortfetzen. „Absprache mit Kollegen", „alle achte Klassen", „Holland" und „Segeln auf dem Eismeer."

Der Junge suchte die Ruhe unter seiner Kapuze. „Zieh gefälligst deine Jacke aus!", herrschte ihn der Lehrer an. „Was soll denn das?".

„Der Herzog macht das immer – der darf das." Stefans Banknachbar setzte ein breites Grinsen auf und fügte hinzu: „Den nimmt hier sowieso keiner ernst."

„Dann gewöhnt er sich das heute wieder ab." Herr Grünwald bemühte sich erfolglos Stefans Blick zu erwischen.

„Los – runter mit der Kapuze!", schwächte er seine Forderung ab.

Zögerlich streifte der Junge den Stoff von seinem Kopf und fixierte für den Rest der Deutschstunde seinen stillen Freund – den Kartenständer in der Ecke neben der Tafel.

„Wie war es in der Schule?". Frau Herzog begrüßte mittags ihren Sohn schon an der Haustür. Doch der schaute stumm an ihr vorbei, warf seinen Rucksack in den Flur und tappte die Treppe hinauf in sein Zimmer. Tür zu.

Es war der Hunger, der Stefan aus dem Bett holte, in das er sich verkrochen hatte. Seine Mutter musste am Mittagstisch ihre Frage nicht wiederholen. Ihr Schweigen tat es.

„Ich will nicht auf die Klassenfahrt." Frau Herzog nickte – was immer das auch bedeuten sollte. Der Junge wusste es nicht.

An den nächsten Tagen nahm die Angelegenheit konkrete Formen an. Stefan legte eines Mittags wortlos das an die Eltern gerichtete Informationsschreiben auf den Küchentisch.

Frau Herzog trug das Essen auf, setzte sich zu ihrem Sohn und las mit halblauter Stimme vor: „Segeln auf dem IJsselmeer. Erster Tag ...". Stefan unterbrach sie.

„Aber Herr Grünwald hat ‚Eismeer' gesagt." Die Mutter lachte. „Da hast du dich verhört. Eis gibt es am IJsselmeer nur in den vielen Cafés der kleinen Hafenstädte."

Der Junge stocherte lustlos in seinem Teller.

„Erster Tag – Anreise bis 18 Uhr in Lemmer", fuhr Frau Herzog fort. „Kabinenverteilung – Abendessen. Zweiter Tag – Frühstück – Sicherheitsbelehrung und Segeleinweisung – Leinen los und Segel hissen. Dritter Tag ..."

„Hör auf! Ich kenne das verdammte Programm auswendig." Stefan knallte sein Besteck auf den Tisch.

„Dritter Tag – Segeln nach Urk. Vierter Tag – Fallenlassen auf dem Watt." Die Worte stießen mit gepresster Stimme aus ihm hervor. Er rang nach Luft.

„Fünfter Tag – Stadtbesichtigung Amsterdam. Sechster Tag – Putzen – Packen – Abreise – Ankunft gegen 18 Uhr an der Schule."

Wie gern nur hätte der Junge jetzt weinen gekonnt. Seine Hände zitterten und die Finger verkrampften sich, als er auf das fette Nein wies, das in roter Schrift unter das Ende des Schreibens gekritzelt war.

„Ich mag das alles nicht!".

„Neunhundertdreiundachtzig, neunhunderteinundneunzig, neunhundertsiebenundneunzig. Mir ist kalt und ich habe Angst." Stefan zählt mittlerweile die Primzahlen bis tausend ab.

Die Jungs in seiner Kajüte schlafen endlich. Aus der Gesellschaftskabine tönen noch Stimmen.

Herr Grünwald unterhält sich angeregt mit seiner Kollegin und dem Skipper der *Kalme Zee*. Und immer wieder klirren Gläser in Stefans Ohren – begleitet von einem lauten „Prost".

Am Abend zeigte Frau Herzog ihrem Mann das Programm der Klassenfahrt. „Stefan schafft das nicht. Das ist zuviel für ihn. Du kennst ihn ja." Ihre Augen suchten Rat im Gegenüber.

Herr Herzog überflog das Schreiben. Er wirkte ungeduldig. „Du kannst ihn nicht ewig in Watte packen."

Seine Frau seufzte. „Aber er kann sich auf dem kleinen Schiff nicht zurückziehen. Vierbett-Kabinen und nur eine Toilette für achtundzwanzig Personen."

„Genau das meine ich", hält ihr der Angesprochene entgegen. „Wenn wir dem Jungen ständig die Realität vorenthalten, wird er sich ganz in seiner Gedankenwelt verlieren."

Herr Herzog unterschrieb ohne weitere Worte den Rückmeldeabschnitt des Schreibens und gab ihn am nächsten Morgen auf seinem Weg zur Arbeit persönlich im Schulsekretariat ab.

Stefan schien sich in sein Schicksal zu fügen. Jedenfalls war die Klassenfahrt in der Folgezeit kein Thema im Hause Herzog.

Er verzog sich nach der Schule und dem Mittagessen in sein Zimmer. Dort erledigte er pflichtgemäß – aber so schnell er nur konnte – seine Hausaufgaben, um für den restlichen Tag in seine Welt der Zahlen einzutauchen.

„Ihr Sohn verfügt wohl über eine Inselbegabung", hatte der ehemalige Klassenlehrer im Vorjahr am Elternsprechtag geäußert.

Damit hatte er sich und Frau Herzog erklären wollen, dass nur in seinem Fach Mathematik Stefans Schulleistungen den gymnasialen Anforderungen genügten.

„Vor allem im sprachlichen Bereich haben sich enorme Defizite aufgetan."

Ja – der Junge war alles andere als kommunikativ. Die Eltern führten dies auf seinen stillen, introvertierten Charakter zurück.

So wiesen sie dem Umstand, dass ihr Sohn an den letzten Tagen vor der Klassenfahrt gänzlich schwieg, keine besondere Bedeutung zu.

„Drei Komma – eins vier eins – ich hab' Angst – fünf neun zwei – mir ist kalt – sechs fünf drei – ich hab' Angst … ." Stefan zählt rhythmisch die Nachkommastellen der Zahl Pi runter.

Die Geräusche aus der Gesellschaftskabine zeugen von einem Aufräumen. Der Holzboden knarrt unter wackligen Füßen, Gläser und Flaschen finden klirrend ihren Schlafplatz und Stimmen tauschen Gute-Nacht-Wünsche aus.

Es wird allmählich still auf der *Kalme Zee*.

Der Tag der Abreise war gekommen. Frau Herzog brachte Stefan zur Schule, vor der schon ein Bus auf die Reisegruppe wartete.

Während Herr Grünwald und die begleitende Lehrerin Frau Fink noch Smalltalk mit den anwesenden Eltern betrieben, verstaute der Busfahrer das Gepäck und den Proviant im Laderaum.

„Ja – wir werden uns selbst bekochen", erklärte Herr Grünwald gerade einer Mutter, als er Frau Herzog und ihren Sohn erblickte.

„Nicht wahr, Stefan? Du hast morgen ja schon Kombüsendienst." Seine Hand schlug dem Jungen aufmunternd auf die Schulter.

Stefan zuckte zusammen. Seine Augen suchten die seiner Mutter – fanden sie aber nicht.

Sie sprach mit gedämpfter Stimme zu Herrn Grünwald, der eifrig nickte, ohne dass er richtig zuzuhören schien.

„Einsteigen! Es geht los." Der Klassenlehrer klatschte in die Hände. Die Schüler drängten aufgeregt zur Bustür, wollten sie doch die begehrten Plätze in der letzten Reihe ergattern.

Stefan wartete ab, bis er schließlich seine Mutter in einer Intensität umarmte, wie sie es vorher noch nie von ihm erlebt hatte.

Dann stieg er ein, ohne sich noch einmal umzudrehen.

Während der Fahrt saß Stefan in der ersten Sitzreihe. Obwohl das vordere Drittel des Busses kaum besetzt war, dröhnten die Stimmen der ausgelassenen Reisegruppe schmerzvoll in seinem Kopf.

Er nestelte aus seinem Rucksack ein Papiertaschentuch, riss zwei kleine Stücke davon ab und steckte sie sich – zu Kügelchen gedreht – in beide Ohren.

Jetzt konnte er sich in Ruhe den am Autobahnrand üblichen kleinen Kilometerschildern widmen.

„Von 151 bis 152 in 36 Sekunden – das macht 100 Kilometer pro Stunde", registrierte sein Rechenzentrum. Mit jedem neuen Schild berechnete er die Geschwindigkeit auf dem zuletzt gefahrenen Kilometer.

„Aussteigen! Wir sind da." Frau Finks Stimme schrillte durch Stefans Ohrstöpsel. Der Junge schaute sich verstört um. Die Sitzplätze hinter ihm waren allesamt leer.

Er schulterte seinen Rucksack, ergriff seine Reisetasche draußen vor dem Laderaum des Busses und schlich der Gruppe in Richtung Schiffsanleger hinterher.

Es ist still auf der *Kalme Zee*. Die gleichmäßigen Atemzüge der Jungs in der Kabine verabschieden sich vom Reisetag und wandeln Stefans Unruhe in Entschlossenheit.

„Den Kombüsendienst wird die Fink morgen früh ohne mich organisieren müssen."

Der sternenklare Nachthimmel über Lemmer schweigt. Nur eine späte Möwe kreist noch über dem durch das Halbmondlicht aufgehellten Hafenbecken.

Sie wundert sich über den kleinen Strudel, der hinter dem Heck der *Kalme Zee* die friedliche Wasserfläche beunruhigt. Luftblasen steigen aus der Tiefe empor.

„Mir ist kalt – aber ich habe keine Angst mehr."

Der Klassenstreich

M„ein Gott – ist mir langweilig!". Der Satz platzt in den Raum und kreist einen Moment länger, als man es erwarten könnte, über den Schülerköpfen.

Es kommt ja auch nicht oft vor, dass ein Lehrer sich derart äußert. Aber aus meiner zehnten Klasse ist heute wirklich nichts rauszuholen.

Einige Schüler blicken müde von ihren Mathematikheften auf. Nur Miriam ist munterer.

„Dann unterrichten Sie halt unterhaltsamer!". Erwartungsvoll lässt sie ihr provozierendes Lächeln spielen.

Mir gefällt ihre Reaktion – zeugt sie doch noch von einem Rest an kreativer Aufmerksamkeit. „Eine reine Übungsstunde in der Potenzalgebra kann nur so lebendig sein, wie die Klasse es zulässt."

Ich schaue in die Runde. „Und ihr habt einfach keine Lust auf nichts!". Endlich wird es lebhafter unter den Schülern.

Mario meldet sich. Ehe ich ihn aufrufe, plappert er schon drauflos: „Das stimmt nicht! ,Keine Lust auf nichts' hieße ja ,Lust auf etwas'!".

„Du hast ja Recht, Mario". Der Junge vor mir scheint auf seinem Stuhl zu wachsen.

„Die doppelte Verneinung habe ich aber absichtlich gewählt, um euch aus der Reserve zu locken. Und bei dir hat es offensichtlich funktioniert." Mario schrumpft wieder auf sein Normalmaß.

„Apropos Absicht", fahre ich fort. „Soll ich euch mal eine Geschichte erzählen?". Nun ist die Klasse hellwach. Die Schüler wissen, dass sie jetzt unterhalten werden.

Sie lassen die Potenzgesetze unter die Tische fallen, hinter denen sie sich gemütlich zurücklehnen. Ich registriere dreißig Augenpaare, die gespannt an meinen Lippen kleben.

*Meine Englischlehrerin in der achten Klasse **hieß** nicht nur Wagenburg – sie war auch eine. Ihre voluminöse Gestalt war umhüllt von etlichen Quadratmetern Kleiderstoff, der die kräftigen Extremitäten nur unzureichend verbergen konnte.*

Wenn sie in den Klassenraum einrollte, bebten die Holzdielen unter ihrem Fahrgestell. Das bedrohliche Schwingen ihrer weit ausholenden Arme veranlasste die Schüler, die am Gang saßen, vorsorglich die Köpfe einzuziehen.

Nach dem morgendlichen Begrüßungsritual ließ sich Frau Wagenburg schwer atmend auf ihren Stuhl sinken, von dem anschließend nichts mehr zu sehen war. Sie thronte während des Unterrichts in unnahbarer Haltung hinter ihrem Tisch und regierte – mit mehr Tadel als Lob – über uns.

Niemand in der Klasse mochte sie. Einige hatten regelrecht Angst vor ihr, während andere sich in Störmanövern versuchten – allerdings ziemlich erfolglos.

Mit stoischer Ruhe schüttete Frau Wagenburg ihr Füllhorn an Strafarbeiten und schlechten Noten über die Abtrünnigen aus.

Ich selbst zählte zur Fraktion Augen-zu-und-durch, die die fünfundvierzig Folterminuten einfach nur hinter sich bringen wollte.

Eigentlich war es ein Schulmorgen wie jeder andere, als sich unsere Englischlehrerin durch den Gang zwischen den Stuhlreihen nach vorne schob, um den Klassenraum in ihren Besitz zu nehmen.

Eigentlich – und doch war es irgendwie anders. In der Reihe hinter mir wurde auffallend intensiv getuschelt. Als Frau Wagenburg an mir vorbeigezogen war, riskierte ich es, mich umzudrehen.

Die beiden Jungs in meinem Rücken grinsten nur und deuteten mir mit einer Kopfbewegung an, dass ich gefälligst wieder nach vorne schauen sollte.

Unsere Lehrerin war an ihrem Tisch angekommen, legte die ausgebeulte Tasche darauf ab und ließ ihren typischen Kontrollblick über das stehende Fußvolk streifen.

„Good morning boys!". „Good morning Mrs. Wagenburg!". Es folgte die berüchtigte Wehe-es-setzt-sich-schon-einer-hin-Pause. „Sit down!".

In das anschließende Geräusch rückender Stühle drängten sich ein dumpfer Knall vor und ein schallendes Gelächter hinter mir.

Frau Wagenburgs massiger Leib lag mit ausgestreckten Beinen unter dem Lehrertisch. Die Hände an ihren bebenden Armen klammerten sich hilflos am zur Klasse gerichteten Rand der Tischplatte. Auf der gegenüberliegenden Seite ruhte das Kinn eines Kopfes, dessen offenstehender Mund karpfengleich nach Luft schnappte.

Mühsam rappelte sich die Frau auf. Sie betrachtete den Stuhl, der fein säuberlich in drei Teile und vier Schrauben zerlegt war. „The furniture is obviously decrepit."

Sie hatte ihre Stimme schnell wiedergefunden.

Robert, einer der beiden Jungs hinter mir, tippte mir auf die Schulter und zeigte grinsend einen Inbusschlüssel, ehe er ihn in seiner Hosentasche verschwinden ließ.

„Robert, please give me your chair and read your homework loudly and clearly!". Die Mundwinkel der Englischlehrerin schienen mir ein unterschwelliges Lächeln zu verraten.

„Solche Streiche waren früher üblich", beendete ich meine Geschichte. „Aber so etwas kennt ihr ja heute nicht mehr."

Es regt sich kein Widerspruch in der Klasse, die offensichtlich noch im Zuhörermodus verharrt.

Ich blicke in die Runde und möchte die Schüler aus ihrer Passivität locken. „Ein guter Streich erfordert eben Kreativität."

Miriam reagiert als Erste. „Schrauben an einem Stuhl zu lösen, finde ich weder lustig noch kreativ! Darunter stelle ich mir etwas anderes vor."

„Miriam, du willst mich doch nur von den Potenzgesetzen abhalten." Jetzt bin ich es, der ein provozierendes Lächeln aufsetzt. Das Mädchen schmollt und die anderen werden wieder munterer.

„Aber gut – bevor wir weiterüben, verrate ich euch noch eine subtilere Aktion, mit der man jeden Lehrer zu Verzweiflung bringen kann. Nur behelligt bitte nicht meine Kollegen damit. Versprochen?".

Die Schüler nicken und wieder registriere ich eine Art von Aufmerksamkeit, wie sie mir in den Mathematikstunden selten begegnet.

Der Streich ist schnell erzählt, so dass bis zum Klingeln noch ein paar Minuten den Potenzgesetzen zugutekommen können.

Als ich schließlich den Klassenraum verlasse, ruft Miriam mir hinterher: „Ist Ihnen immer noch langweilig?"

Ich schüttele den Kopf, ohne mich umzudrehen und halte meinen rechten Daumen nach oben.

Am nächsten Morgen sitze ich vor der ersten Stunde im Raucherzimmer der Schule und schlürfe meinen Aufweckkaffee.

Die Verbindungstür dieses vom großen Lehrerzimmer abgeteilten Raumes wird von der naserümpfenden Nichtraucherfraktion nebenan sorgfältig geschlossen gehalten.

Umso erstaunlicher ist es, dass heute plötzlich der Kollege Gesundheitsapostel aus der Biologie im Türrahmen steht.

„Ich glaube du spinnst wohl!", begrüßt er mich auf eine nicht gerade nette Art. „Wie kannst du unserer zehnten Klasse so einen Unsinn erzählen?".

Obwohl mir schon schwant, was jetzt kommen wird, schaue ich ihn fragend an. „Guten Morgen erst einmal!".

„Tu nicht so unschuldig! Das blöde Summen hat mir gestern in der letzten Stunde den gesamten Unterricht geschmissen."

Der Pfeife rauchende Englischkollege am Tisch neben mir blickt interessiert von seiner Zeitungslektüre auf. „Summen?".

Bevor sich der Beschwerdeführer weiter aufregen kann, oute ich mich und übernehme die Erklärung.

„Ja – ich habe gestern der zehnten Klasse von diesem Streich berichtet, bei dem ein Schüler während des Unterrichts summt und damit stoppt, sobald ihm der Lehrer zu nahekommt. Dafür startet in einer anderen Ecke ein Zweiter mit dem Summen, bis der Suchende sich dorthin bewegt hat. Und so weiter."

Der Pfeifenraucher grinst. „Klar – das kann nerven, wenn man sich auf das Spiel einlässt. Die Schüler sind die sicheren Gewinner und haben einen Riesenspaß dabei." Der Biologe ringt um Fassung.

Er tut mir irgendwie leid. Ich versuche, die Situation zu entspannen. „Die Klasse hat mir doch versprochen, keinen Kollegen damit zu belästigen."

„Aber genau das hat sie dank dir gestern getan!" Die Tür zum Nichtraucherzimmer knallt besonders laut ins Schloss.

Mein Tischnachbar lacht. Er greift zu seiner Zeitung und liest, leise summend, darin weiter.

Die Klassenarbeit

Im Jahr 1970

Vierzig Siebtklässler strömen zur ersten Stunde in ihren Klassenraum. Es sind viele gerötete Gesichter darunter. Ihre Besitzer haben sich bis zum Klingeln noch ein Fußballspiel mit einem Ball aus zusammengeknülltem Zeitungspapier gegönnt.

Der Mathematiklehrer Adolf Hauer erwartet die Schüler schon, die damit sofort wissen, was heute ansteht. Eine Klassenarbeit.

Schnell nehmen sie ihre Plätze ein. „Sorger, austeilen!" Herr Hauer hält Michael einen Stapel DIN-A5-Hefte hin – allesamt in einem schwarzen Umschlag mit schuleigenem Etikett.

„Und wehe – es öffnet jemand sein Heft, bevor ich das Kommando dazu gebe!".

Der Junge erledigt zügig den Auftrag und eilt zu seinem Platz am äußerst linken Tisch in der ersten Reihe.

Feierlich klappt der Lehrer die Tafel auf. Die Innenseiten offenbaren den Schülern die Aufgaben, die er – fein säuberlich in Gruppe A und B getrennt – vor Schulbeginn dort notiert hat.

„Zuhören!". Adolf Hauer gibt die Regularien bekannt. „Zur Gruppe A gehören alle, die links am Zweiertisch sitzen. Zur Gruppe B gehören die Nachbarn rechts davon. Ein Blick zur Seite und es rasselt eine Sechs. Und los geht' s!".

Michael nimmt die Tafelhälfte vor ihm ins Visier und startet mit dem Rechnen. Er kommt gut voran.

Die Zeit vergeht. Der Lehrer patrouilliert durch die Reihen und bleibt schließlich hinter Michael stehen – länger stehen.

Dem Jungen ist dies unangenehm. Würde er sich jetzt trauen sich umzudrehen, könnte er das zynische Lächeln in Herrn Hauers Mundwinkeln sehen.

Er atmet auf, als sein Beobachter endlich weiterzieht und rechnet schon die letzte Sachaufgabe. „Antwortsatz nicht vergessen!", mahnt er sich selbst – weiß er doch, dass sonst die gesamte Aufgabe als falsch bewertet wird.

Michael ist so früh fertig, dass er in Ruhe alles noch einmal nachrechnen kann.

„Ende! Hefte schließen und zum Gang hin durchreichen!". Die Schüler sputen sich, dem Befehl ihres Lehrers nachzukommen. Ein Heft, das beim Einsammeln nicht am Tischrand liegt, nimmt er nicht mehr an.

Adolf Hauer packt den Stapel in seine Aktentasche und verlässt grußlos den Klassenraum.

„Bist du zurechtgekommen?", fragt Michaels linker Banknachbar, während die beiden ihr Sportzeug für die anschließende Stunde packen. „Ja – ziemlich gut. Es war ja nicht besonders schwierig."

Die Jungen machen sich gutgelaunt auf den Weg zur Turnhalle. Die Mathematikarbeit haben sie fast schon vergessen.

Bereits am nächsten Schultag bringt Herr Hauer die Klassenarbeitshefte wieder mit. Die Schüler sind dies von ihm gewohnt.

Er entscheidet allein mit dem Blick auf das Endergebnis einer Aufgabe, ob sie für seine Begriffe richtig oder falsch ist. Er korrigiert eigentlich nicht – er hakt nur ab. Und dann steht eine Note unter der Arbeit.

Heute startet Herr Hauer nach seinem militärischen Begrüßungsritual mit der Rückgabe – wie immer in alphabetischer Reihenfolge.

„Baldus – ausreichend!". Der Aufgerufene beeilt sich, sein Heft am Lehrerpult abzuholen.

„Dott – mangelhaft!". Stühle rücken. Die zügige Urteilsverkündung hält die Schüler in Trab.

Michael ist freudig gespannt. Er hat ein gutes Gefühl. „Sorger – ungenügend!". Der Junge springt auf.

„Das kann nicht sein!", entwischt es seinen Lippen. Der Lehrer blickt ihn strafend an und knallt wortlos das Heft auf den Schülertisch vor ihm.

Falsche Gruppe! Ungenügend. Das in fettem Rot geschriebene Ergebnis will Michaels Erwartung so gar nicht entsprechen.

Er ist sauer – ist er sich doch sicher, dass der Lehrer seinen Irrtum schon während der Klassenarbeit bemerkt hat, ohne etwas zu sagen.

Zu Hause lässt sich der Junge seiner Mutter gegenüber nichts anmerken. Er hat Hunger. Während des Mittagessens legt sich sein Zorn.

„Ich habe in der Mathearbeit die falsche Gruppe gerechnet und dafür eine Sechs kassiert."

Frau Sorger schaut ihren Sohn fragend an. „Ich sitze ja in der Klasse vorne auf dem rechten Platz am äußert linken Tisch. So habe ich die Aufgaben auf der Tafelhälfte direkt vor mir gerechnet. Und der Hauer hat das ganz genau gewusst!".

Obwohl die Mutter diese Erklärung nicht wirklich verstanden hat, entgegnet sie: „Michael – das tut mir leid. Aber so etwas kann eben passieren."

Nach dem Essen erledigt Michael flott die Hausaufgaben. Er hat sich mit Freunden zum Fußballspielen verabredet.

„Ich bin dann jetzt mal auf dem Bolzplatz." Der Junge steht – seinen Ball unter den Arm geklemmt – in der Haustür. Er hat die Klassenarbeit längst vergessen.

Am Abend erzählt Frau Sorger ihrem Mann nebenläufig von Michaels Missgeschick.

„Selbst schuld!", meint der Angesprochne lapidar. „Er hat eben nicht aufgepasst. Das wird ihm nicht ein zweites Mal passieren."

Vierzig Jahre später

Fünfundzwanzig Siebtklässler sitzen zur ersten Stunde an ihren Einzeltischen im Klassenarbeitsraum. Es sind viele gerötete Gesichter darunter. Ihre Besitzer haben sich bis zum Stundengong noch einen letzten Blick auf ihre zerknüllten Spickzettel gegönnt.

Die Schüler erwarten schon ihren Mathematiklehrer Michael Sorger, der bereits vor zwei Wochen angekündigt hat, was heute ansteht. Eine Klassenarbeit.

Endlich erscheint er und begrüßt freundlich die sichtlich aufgeregte Gruppe.

„Können Sie bitte die Hefte austeilen?". Leon Beck blickt mit einer Mischung aus Ungeduld und Angst auf die Uhr über der Tafel.

„Wenn du mir hilfst, geht es schneller." Herr Sorger hält dem Jungen lächelnd einen Teil des Stapels DIN-A4-Hefte hin – allesamt in einem grünen Schutzumschlag.

„Ihr dürft sofort anfangen. Ich habe die Aufgabenblätter schon in eure Hefte gelegt. Viel Erfolg!", lässt der Lehrer verlauten, während er seine Stapelhälfte verteilt.

Leon erledigt zügig seinen Auftrag und eilt zu seinem Platz unmittelbar vor dem Lehrertisch.

„Hört bitte alle mal kurz zu!". Michael Sorger gibt noch einige Tipps. „Ihr dürft den Taschenrechner verwenden. Markiert seinen Einsatz mit TR über dem Gleichheitszeichen. Und guckt bitte nicht ab, denn es gibt nur eine Gruppe."

Zu sich selbst fügt er noch leise hinzu: „Dazu habe ich mir schließlich den Klassenarbeitsraum reserviert."

Leon nimmt sein Aufgabenblatt ins Visier und liest sich erst einmal alles langsam durch. Er kommt mit den Fragestellungen nicht gut zurecht.

Die Zeit vergeht. Der Lehrer schlendert durch die Reihen und bleibt schließlich neben Leon stehen.

Der Junge scheint darauf gewartet zu haben und dreht sich mit einem verzweifelten Blick zu Herrn Sorger.

„Was ist denn los?". „Ich habe meinen Taschenrechner vergessen und die Sachaufgaben verstehe ich nicht." Leon müht sich die Tränen zu unterdrücken.

„Warum sagst du denn die ganze Zeit nichts?". Herr Sorger fischt aus seiner Schultasche am Tisch vor ihm einen Taschenrechner und reicht ihn Leon.

„Fertige zu den Sachaufgaben erst einmal eine Skizze an. Dafür gibt es auch schon Punkte. Und jetzt mal voran!".

„So – eigentlich ist nun Schluss!". Die Schüler blicken ihren Lehrer erschrocken an. „Aber ich gebe euch noch fünf Minuten zusätzlich. Er sucht Leons Augen. „Also nutzt die Zeit!".

Nach Ablauf der Verlängerung sammelt er die Hefte ein. Dabei geht er zunächst zu den Schülern, die fertig geworden sind und gönnt den anderen noch einen Augenblick mehr an Zeit.

„Bist du zurechtgekommen?". Herr Sorger holt sich Leons Heft als letztes.

Der Gefragte zuckt mit den Schultern, packt seine Sachen und verlässt hinter allen anderen den Klassenarbeitsraum in Richtung Turnhalle. Die Mathematikarbeit will ihm nicht aus dem Kopf gehen.

Es vergeht eine Woche, bis Michael Sorger die Klassenarbeitshefte wieder mitbringt. Die Schüler sind das von ihm gewohnt.

Er markiert jeden Fehler, rechnet mit diesem weiter, verteilt Punkte und schreibt erläuternde Kommentare an den Rand. Er hakt nicht nur ab – er korrigiert. Und dann stehen erreichte Punktzahl und die zugehörige Note unter der Arbeit.

Nachdem der Lehrer die Klasse mit einem „Guten Morgen!" begrüßt hat, geht er durch die Tischreihen und verteilt die Hefte einzeln an die Schüler. Für jeden hat er ein paar aufmunternde Worte mitgebracht.

„Leon – beim nächsten Mal teilst du dir Zeit noch besser ein." Der Junge befürchtet das Schlimmste. Er hat ein schlechtes Gefühl.

9/50 Punkte. Leider nur Ungenügend. Das in Rot geschriebene Ergebnis will Leons Erwartung bestätigen.

Er ist niedergeschlagen – weiß er doch, dass er während der Klassenarbeit seinen Lehrer viel früher um Hilfe hätte bitten können.

Zu Hause merkt Frau Beck sogleich, dass etwas mit ihrem Jungen nicht stimmt. Er stochert während des Mittagessens in seinem Teller herum, bis er sich nicht mehr beherrschen kann und losheult.

„Ich habe in der Mathearbeit eine Sechs kassiert, nur weil mir der Sorger so spät seinen Taschenrechner gegeben hat."

Die Frau schaut ihren Sohn fragend an. „Ich war am Morgen der Arbeit doch so aufgeregt", schluchzt dieser, „und hatte deshalb meinen zu Hause vergessen."

„Leon – das tut mir unendlich leid. So etwas darf einem Lehrer einfach nicht passieren!".

Nach dem Mittagessen kann sich Leon nicht auf die Hausaufgaben konzentrieren. Immer wieder starrt er auf die Note in seinem Mathematikheft. „Hätte ich doch nur mehr Zeit gehabt!".

„Willst du nicht etwas rausgehen und Fahrrad fahren?". Die Mutter steht mit besorgtem Blick in der Kinderzimmertür. Der Junge schüttelt den Kopf. Er kann die Klassenarbeit einfach nicht vergessen.

Am Abend berichtet Frau Beck ihrem Mann sogleich von Leons Missgeschick.

„Das ist allein die Schuld des Lehrers!", ereifert sich der Angesprochene. „Ich werde mich gleich morgen beim Direktor beschweren. Das soll unserem Sohn nicht ein zweites Mal passieren."

Die Klassenjustiz

Es ist laut – sehr laut. Roland Mader steht vor seiner Klasse. Auch wenn er auf seinem Stuhl sitzen würde, erschiene er den Betrachtern kaum kleiner.

„Ruhe! Seid endlich still, sonst schreiben wir sofort einen Test!". Er fuchtelt wild mit seinen Armen in der Luft.

Die Schüler lachen. Die Musikstunde ist für sie das Highlight der Woche. Sie wissen um die Schwäche ihres Lehrers und nutzen diese regelmäßig und gnadenlos aus. Dabei ist er wirklich ein hervorragender Musiker.

Die Eltern erkannten früh das Talent ihres Jungen. Sie ermöglichten ihm Klavier- und Geigenstunden, obwohl sie sich dafür das Geld regelrecht vom Mund absparen mussten.

Roland dankte es ihnen, indem er keine der in Kindheit und Jugend üblichen Ansprüche stellte. Auch bekam er kein Taschengeld – sorgten doch seine Eltern für das Wenige, was er brauchte.

Ihm reichte es, dass er seine Nachmittage am häuslichen Klavier, einem Erbstück seiner Urgroßtante, verbringen durfte. Während seine Mitschüler sich zum Radfahren, im Freibad und – im fortgeschrittenen Alter – in der Disco trafen, übte sich der Junge in immer schwierigeren Klavierstücken.

„Zettel raus!". Ohne dass er seinen Kopf dorthin dreht, suchen Herr Maders Augen Halt in der oberen, linken Ecke des Musiksaales. „Schreibt den Lebenslauf Mozarts auf!".

„Jetzt kriegt er seinen Rest!". Julian – der unangefochtene Kopf der Klasse – spricht das Urteil.

„Schieler, Schieler", tönt er an. Nach und nach fallen die Stimmen der Mitschüler lautstark in den Lästerchor ein.

Während der Pubertät wuchsen die Klassenkameraden Roland buchstäblich über den Kopf, was nicht nur seine Körpergröße, sondern auch sein Selbstbewusstsein anbetraf.

„Hat die Mama denn unserem kleinen Mozart auch sein Pausenbrot mitgegeben?".

In solchen Momenten erwies sich der Junge als zu schüchtern, um sich mit einer passenden Reaktion vor weiteren Hänseleien zu schützen.

Gewöhnlich schwieg er dann und fixierte einen imaginären Punkt über den Köpfen seiner Peiniger.

Niemand macht ernsthaft irgendwelche Anstalten, dem Arbeitsauftrag nachzugehen.

Das bedrohliche Weiß in den verdrehten Augäpfeln des Geschundenen könnte dem Geschehen ein resthumanes Ende setzen, wenn jetzt nicht ständig Gummibärchen auf seinen untersetzten und unvorteilhaft gekleideten Körper treffen würden.

„Knallt ihn ab!". Julian führt das Feuerkommando dieser Hinrichtung. Er hat die Geschosse verteilt und dominiert mit Genugtuung über das anfängliche Zögern einiger Mitschüler. Alle machen mit.

Roland Mader durchwanderte unauffällig die Oberstufe des Gymnasiums. Die Hänseleien ließen nach. Er wurde einfach nicht mehr beachtet.

Der junge Mann fühlte sich wohl in dieser Isolation und freute sich über die Geige, die ihm die Eltern zum Abitur schenkten.

Klar – Roland studierte Musik. „Aber als Lehramt", hatte ihm seine Mutter diktiert. „Dann bist du Beamter und hast ein sicheres Auskommen."

Ihr großer Junge gehorchte. Schule kannte er ja. Und er konnte beim gewählten Studienort weiterhin zu Hause wohnen.

Die Klasse tobt. Maders ebenso hysterisches wie hilfloses Schimpfen steigert das Chaos. Sein verzweifelter Rettungsversuch geht im Gejohle der Meute unter.

Nachdem die Gummibärchen alle verbraucht sind, rennen die aufgedrehten Schüler kreuz und quer. Nur wenige bleiben in einer Mischung aus Peinlichkeit und aufkommendem Mitleid auf ihren Plätzen sitzen.

Julian führt weiterhin die Regie. Er schickt eine Schülergruppe in den Instrumentenraum hinter der rückwärtigen Tür des Musiksaales, um diverse Flöten und Trommeln herbeiholen zu lassen.

Er selbst setzt sich an den Flügel neben dem Tisch des Lehrers, der kein einziges Wort des Protestes über die Lippen bringt.

Mit gespielt bedeutungsvoller Stimme kündigt der Junge die Vollstreckung der Strafe an: „Wir spielen nun die Zauberflöte und machen dich zur tauben Kröte!".

Er hebt eine Hand, zählt bis drei und haut dann wild in die Tasten. Sein melodieloses Geklimpere und die schrillen Flötentöne vermischen sich mit den rhythmischen Trommelschlägen zu einem ohrenbetäubenden Getöse.

Roland Mader hatte im Schuldienst von Anfang an Schwierigkeiten, bei den Schülern anzukommen. Er fand einfach keinen Kontakt zu ihnen. Je mehr er sich auf seine schüchterne Art mühte, umso weniger wurde er ernst genommen.

In den jüngeren Lerngruppen herrschte noch ein Rest an Disziplin. Aber in den älteren wurde jede seiner Unterrichtsstunden für ihn zur Hölle.

Er litt unter der Ablehnung, die mittels Mundpropaganda von Klasse zu Klasse weitergegeben wurde und sich durch seine hilflosen Reaktionen immer weiter steigerte. Ein verhängnisvoller Kreislauf.

Um ein Schuljahr zu überstehen, rettete sich der Gepeinigte in Krankheitstage und Kuren. Immer wieder als dienstfähig befunden, schloss er sich manchmal in einem Nebenraum ein.

Dort verharrte er dann so lange, bis er nach eindringlichem Klopfen seiner Schüler oder herbeigerufener Kollegen endlich die Tür öffnete. Damit lag

schon ein gutes Stück seiner 45-minütigen Angst-
strecke hinter ihm.

Plötzlich ist Ruhe. Das Bild der Klasse scheint zu stehen. Ihr Lehrer wälzt sich heulend auf dem Boden,
reißt sich an seinen verschwitzten Haaren und tritt
mit seinen Schuhen gegen das Lehrerpult.

Roland Mader hat endgültig vor der Klassenjustiz
kapituliert.

Irgendwie geht die Stunde zu Ende. Die Schüler
strömen auf den Flur und schütteln das Erlebte ab –
so wie man lästige Krümel von der Kleidung entfernt.

Seinen Kollegen tat Herr Mader leid. Mehr nicht. Er
lebte immer noch bei seinen Eltern und zog Opern-
und Konzertbesuche jedem persönlichen Kontakt
vor.

Bis auf jenen Tag, als eine junge Englischlehrerin
an die Schule kam. Er verliebte sich in ihre Augen. Sie
spielte mit seiner Naivität. Anfangs. Und er schrieb
ihr Briefe.

Aber es dauerte nicht lange, bis er wieder in eine
Kur floh. Diesmal eine besonders lange.

Am nächsten Tag entdeckt der Klassenlehrer an der
Stelle im Klassenbuch, die für die Tadel vorgesehen
ist, den Eintrag: „Wer hilft mir endlich? Gezeichnet
Mader".

Etwa ein Jahrzehnt nach der Aufführung dieses Dramas wird Roland Mader endlich frühzeitig aus dem Dienst entlassen. Dieses Frühzeitig kommt für ihn allerdings viel zu spät.

Das Klassentreffen

Als ich den Schulhof betrete, sehe ich sie schon – die Gruppe von Mittvierzigern. Die Männer stehen vor dem Nebeneingang des Gymnasiums irgendwie verloren herum.

Gemächlich schlendere ich auf meine ehemaligen Klassenkameraden zu, die mich nun anscheinend genau ins Visier nehmen.

„Ich bleibe nicht lange", hatte ich meiner Frau erklärt, bevor ich mich auf den Weg zum 25-jährigen Abiturjubiläum machte. „Ich schaue nur mal kurz vorbei."

Sie weiß, dass solche Festivitäten nicht unbedingt meine Kragenweite sind. Aber ich gehe heute zum ersten Mal zu einem Klassentreffen.

Auf den letzten Metern zum Eingang checke ich die Wartenden. Und ja – an ihren Gesichtern erkenne ich alle wieder, denn Haarpracht und Figur sind bei den meisten nicht mehr das, was sie einmal waren.

Meinhard mit den roten Wangen und Rudolf mit der Narbe quer über der linken Augenbraue lächeln mir entgegen – immer noch so verlegen wie früher.

Fritz überragt mit seinen knapp zwei Metern nach wie vor alle anderen und Peter hat sein Dauergrinsen auch über die Jahre beibehalten.

„Hallo Werner!", empfängt mich Johannes. „Jetzt sind wir komplett. Ralf hat nämlich abgesagt." Er nestelt wichtig am Jackett seines eleganten Anzugs, der sich mit meiner Erinnerung an Jeans und Che-Guevara-Mütze gar nicht vertragen will.

„Herr Unkel kommt gleich, um uns durch die Schule zu führen", fährt er fort. Ich nicke kurz und begrüße erst einmal die Anwesenden nacheinander per Handschlag.

Johannes ist der Organisator des Klassentreffens. Er hat schon vor einem Jahr begonnen, eine Adressenliste zusammenzustellen.

Dann schrieb er alle an, um von jedem eine Hausaufgabe einzufordern: Den Lebenslauf der letzten fünfundzwanzig Jahre auf einer DIN-A4-Seite.

Ich kam dem Wunsch nur unwillig nach, wollte ich doch lieber im persönlichen Gespräch mehr von meinen ehemaligen Mitschülern erfahren.

So umriss ich unter dem Titel „Warum ich an die Schule zurückkehrte?" meine Motive den Lehrerberuf zu ergreifen, der mich letztlich an das Nachbargymnasium der Stadt brachte. Mehr nicht.

Am Ende dann noch die Wortreihe: Weniger Haare – mehr graue dafür – das Knie kaputt – Kondition labil – doch Ehe stabil – noch kein Herzinfarkt – Familie intakt.

Das Ganze schickte ich dann mit der Post an den Hausaufgabensteller.

Herr Unkel, unser ehemaliger Biologielehrer, lässt noch auf sich warten. Das veranlasst Johannes, die von ihm gesammelten, kopierten und fein säuberlich zu Heften getackerten Lebensläufe an die Herumstehenden zu verteilen.

„So gutbürgerlich ordentlich habe ich dich gar nicht in Erinnerung", flachst Reinhold. „Weißt du noch, wie du damals als DKP-Sympathisant mich, den Juso, einen ‚Verräter der Arbeiterklasse' tituliert hast?".

„Niemals!" Der Gefragte räuspert sich irritiert, fingert einen Zigarillo aus der Innentasche seines Jacketts und zündet ihn mit einem silberschweren Feuerzeug an.

Ich erinnere mich genau an die politischen Dispute meiner beiden Banknachbarn. „Komisch. Hat der Mann im Anzug dies etwa verdrängt?", denke ich mir und durchblättere wie die anderen das verteilte Heftchen.

Der grobe Überblick erweckt in mir den Eindruck von Mein-Haus-mein-Auto-mein-Boot-Berichten. Das brauche ich nun gar nicht.

„Jochen, es fehlen ja deine Hausaufgaben !". Peter feixt in die Runde. „Hast du etwa in den letzten fünfundzwanzig Jahren nichts auf die Reihe gekriegt?".

Der Angesprochene schlägt Peters Beitrag in der Lebenslaufsammlung auf und überfliegt kurz den Inhalt.

„Ich habe auch eine eigene Arztpraxis, wollte aber nicht so fürchterlich angeben wie du, Grinsekatze!".

Jochen zischt genussvoll Peters Spitznamen aus den Schultagen und lässt seinen Worten ein aufgesetztes, lautes Lachen folgen. Jetzt ist er es, der in den Gesichtern der Versammelten eine Beifallsreaktion sucht.

Die Rivalität der beiden Arztsöhne scheint die Jahre überdauert zu haben. Schon früher waren sie einander spinnefeind und übertrafen sich in ihren Versuchen, den jeweils anderen schlechtzumachen.

„Das kann ja heiter werden!", meldet sich das Vorschauzentrum aus meinem Hirn. Gott sei Dank setzt das Erscheinen unseres Biologielehrers dem verbalen Schlagabtausch ein vorzeitiges Ende.

Herr Unkel begrüßt die Anwesenden – die meisten sogar mit ihrem Vornamen. Klar – auch er, mittlerweile in Pension, ist älter geworden. Aber sein Konstitutionstyp, den er damals im Unterricht das Paradebeispiel eines Leptosomen nannte, ist unverkennbar geblieben.

Groß und schlank, mit langen, schmalen Armen und Beinen steht er inmitten der Gruppe und führt das Wort.

„Ich habe mir vom Hausmeister den Generalschlüssel für das Schulgebäude geben lassen." Seine Augen schauen unruhig in die Runde, als ob jemand seine Aussage anzweifeln würde. „Als ehemaliges Schulleitungsmitglied steht mir das ja zu!".

„Der alte Unkel wie er leibt und lebt", murmelt der große Fritz neben mir. Er hat Recht. Zur Schulzeit war unser Lehrer empfindlich und kompliziert, des öfteren sogar jähzornig. Eben ein Leptosom.

Als sich damals ein Abiturjahrgang erdreistete, das Schulgebäude zu stürmen, drohte er den Schülern vor der Tür des Biologiesaales: „Wer über diese Schwelle tritt, dem schlage ich den Schädel ein!". Dabei schwang er wutschäumend ein großes Holzlineal durch die Luft.

Die Führung startet. Herr Unkel gibt das Kommando und wir trotten wie brave Schüler hinter ihm her.

Zunächst geht es in den Altbau, in dessen ersten Stock der Klassenraum unseres letzten Schuljahres liegt. Das Treppenhaus hat seinen Geruch über die Jahrzehnte behalten.

Ich könnte die Atmosphäre genießen und meine Erinnerungen an sie knüpfen, wenn hinter mir nicht so aufdringlich laut gesprochen würde. Johannes fachsimpelt über Flugzeugtriebwerke.

Er findet in Meinhard und Rudolf aufmerksame Zuhörer, die eifrig nicken, ohne selbst das Wort zu ergreifen.

Die beiden scheinen so still und zurückhaltend geblieben zu sein, wie ich sie als Inbegriff der Schüchternheit zur Schulzeit erlebt habe. Und jetzt textet sie der seine ehemalige DKP-Sympathie Verleugnende zu.

„Ich habe nach meiner Doktorarbeit als Gastprofessor in Kalifornien gewirkt."

Er pumpt sich in seinem Anzug auf. „Heute leite ich mehrere technische Abteilungen einer renommierten Firma."

Unser Klassenraum hat sich bis auf das Mobiliar und die Wandfarbe nicht verändert. Schnell stellen wir Tische und Stühle um und simulieren die Sitzordnung aus den alten Tagen.

Der Platz an der Tür bleibt frei. „Warum ist unser Mathegenie Ralf eigentlich nicht gekommen?".

Meine Frage ist noch nicht ganz ausgesprochen, da posaunt Peter, Ralfs ehemaliger Tischnachbar, auch schon los: „Das steht doch im Heft!".

„Du könntest es uns trotzdem sagen, Grinsekatze",

stichelt Jochen. „Schließlich hast du ihm dein Mathe-abitur zu verdanken."

Das sitzt. Außer Herrn Unkel weiß jeder der An-wesenden, dass Peter mit Ralfs Hilfe bei sämtlichen Mathematikarbeiten in der Oberstufe raffiniert ge-pfuscht hat. Aber das ist eine andere Geschichte.

Der Angesprochene überspielt feixend die Tref-ferwirkung seines Erzrivalen. „Du wirst doch mitt-lerweile des Lesens mächtig geworden sein!".

Mich nervt der Schlagabtausch der beiden. Ohne sie noch einmal zu Wort kommen zu lassen, verlese ich laut und deutlich Ralfs Absage.

Hallo Johannes, vielen Dank für deine nette Einladung zum Klassentreffen. Da ich aus persönlichen Gründen jeglichen Kontakt zu meiner Heimatstadt abgebro-chen habe, möchte ich meine Teilnahme absagen. Nimm es nicht persönlich, aber meine Erinnerungen an die damalige Zeit, auch in der Schule, sind sehr negativ.
Leb wohl! Ralf

Im Raum herrscht plötzlich eine beklemmende Stille. Herr Unkel, sichtlich durch die Atmosphäre irritiert, rettet die Situation. „Auf meine Herren – jetzt geht es in den Neubau!".

Vorbei an ehemaligen naturwissenschaftlichen Räu-men, die nach den Worten unseres Schulführers alle-samt nur noch als bessere Abstellkammern dienen, erreichen wir den Flur vor dem Lehrerzimmer.

Dort lungerten wir vor fünfundzwanzig Jahren langhaarig, mit Nickelbrillen, in schmuddeligen Parkas und engen Jeans herum. Wir warteten ungeduldig darauf, dass uns der Direktor die Abiturzeugnisse aushändigte und wir uns endlich „Raus hier!" sagen konnten.

Die Treppe hinunter geht es zum Durchgang in den Neubau, den wir damals nur als riesengroße Baustelle erleben durften. Aber was sollen die Tische in diesem Nadelöhr? Sie versperren uns fast den Weg.

Die Erklärung gibt uns eine Dame mittleren Alters, deren Margaret-Thatcher-Frisur sichtlich eine Überdosis Haarspray abbekommen hat. Geschäftig arrangiert sie Bücher und Prospekte auf den Tischflächen.

„Entschuldigen Sie die Enge, meine Herren. Aber ich bereite einen Elternabend für heute vor." Sie lächelt lippenstiftrot und zuckersüß in die Männergruppe. „Darf ich fragen, was sie hier machen?".

„Ich führe eine Gruppe ehemaliger Abiturienten durch meine Schule." Herr Unkel hält ungehalten seinen Generalschlüssel in die Höhe. „Aber wer sind Sie? Ich kenne Sie nicht."

„Das beruht wohl auf Gegenseitigkeit", flötet die Gefragte. „Ich heiße Margarete Nessel und bin die neue Orientierungsstufenleiterin."

Unser alter Biologielehrer denkt gar nicht daran, sich vorzustellen. Im Gegenteil. Er fährt fort sein Gegenüber zu verhören.

„Wozu braucht ein Elternabend denn diese Ausstellung? Wollen Sie etwa Bücher verkaufen?". Frau Nessel setzt einen geheimnisvollen Blick auf.

„Ich mache für die Eltern der neuen Fünftklässler Reklame in Sachen erste Fremdsprache Französisch. Aber bitte nicht weitererzählen."

Sie zögert, ehe sie zum Flüstern übergeht. „Mein Chef hat nämlich mit dem Direktor des Nachbargymnasiums vereinbart, auf Werbeveranstaltungen vor der Anmeldephase zu verzichten."

Ich bleibe noch einen Augenblick stehen, denn mit dieser Bemerkung hat mich die gute Frau aus meinen Schulerinnerungen in die Gegenwart befördert. Bis auf Herrn Unkel gehen die anderen schon in Richtung Neubau.

„Bevor Sie weitersprechen Frau Nessel", eröffne ich ihr, „sollten Sie wissen, dass ich an besagtem Gymnasium Lehrer bin." Die Röte, die unvermittelt in ihre Wangen schießt, beendet die Unterhaltung abrupt.

„Die Dame macht ihrem Namen aber alle Ehre!", konstatiert mein Begleiter, während wir der Gruppe folgen. „Ja – sie hat sich voll in die Nesseln gesetzt."

Während der Begehung des Neubaus schaue ich immer wieder auf die Uhr. Nicht dass es vor allem die erstklassig ausgestatteten Räume der Naturwissenschaften zu bewundern gäbe, aber ich mag mich lieber an meine alte Schule erinnern.

„Und hier – meine Herren – ist das Schmuckstück in diesem Trakt, das erst kurz vor meiner Pensionierung eingerichtet wurde." Herr Unkel schließt eine Tür mit der Aufschrift „Informatiklabor" auf.

Ein Teil unserer Gruppe strömt in den Raum und nimmt hinter den Computern Platz. Darunter auch Meinhard und Rudolf. Ich bleibe im Eingang stehen und suche die Steckbriefe der beiden im Lebenslaufheft.

Bevor ich die Seiten gefunden habe, meint Fritz neben und eine Kopflänge über mir: „Die beiden arbeiten als Software-Ingenieure, sind Singles geblieben und" „sprechen immer noch so wenig wie früher!", ergänzt Lothar, der sich zu uns gesellt hat.

Ich nicke. „Ja – das passt alles irgendwie zusammen. Und was treibt ihr beide heute so?".

Von Fritz erfahre ich, dass er auf der Stelle des Verkaufsleiters einer Brauerei sitzt.

„Ich sitze auch!". Lothar lächelt. „Auf einem Stuhl", fährt er fort, „einem Lehrstuhl für Philosophie."

Die anschließende kurze Unterhaltung mit den beiden empfinde ich als genauso angenehm wie den Umgang mit ihnen zur Schulzeit.

„Wir sollten später unser Gespräch fortsetzen." Entgegen meiner Absicht, nach der Führung den Ort des Geschehens zu verlassen, entschließe ich mich, doch noch mit zum Essen zu gehen.

Eine halbe Stunde später sitzen wir alle im „Stübchen" und bestellen die erste Runde Getränke. Das kleine Lokal, in dem wir uns früher nach dem Unterricht des öfteren mit Cola und Pommes stärkten, hat sich in den letzten fünfundzwanzig Jahren nicht verändert.

Die Speisekarte auch nicht – sehr zum Leidwesen von Johannes. Ihm wäre jetzt ein Kalbssteak lieber, als sich mit der Nostalgie von Currywurst, Fleischkäse, Schnitzel & Co. zufriedenzugeben.

Dass er lautstark sein Unbehagen darüber äußert, lässt den Alt-Juso Reinhold witzeln: „Ein Vertreter der Arbeiterklasse kann sich jedenfalls das Essen hier leisten."

Johannes findet dies überhaupt nicht lustig. Er scheint sich als Vorbereiter des Treffens zu ärgern, dass er vorher nicht die Speisekarte gesichtet hat.

Reinhold hat sichtlich Spaß daran, seinen ehemaligen Kontrahenten in Sachen Politik, mit der Vergangenheit zu konfrontieren. „Und sage ja nicht noch, dass du heute Golf spielst!"

Johannes muss keine Antwort geben. Jeder sieht sie ihm an. „Halb so schlimm!", legt Reinhold nach. „Du hattest im Sport auch früher schon ein bemerkenswertes Handicap."

Herr Unkel beendet das Scharmützel der beiden. „Die nächste Runde geht auf mich, meine Herren!". Er winkt dem „Stübchen"-Wirt, der die Bestellungen der Getränke und auch der Speisen aufnimmt.

Ich wähle eine Cola und nur eine Gulaschsuppe, während die anderen sich Bier und Schnitzel in den klassischen Variationen Zigeuner, Jäger und Wiener Art bestellen.

Wollte ich jetzt nicht längst schon zu Hause sein?

Während des Essens nutze ich die Gelegenheit, mich mit dem Brauerei-Verkaufsleiter und Philosophieprofessor zu unterhalten.

Fritz und Lothar haben beide ihre Jugendlieben geheiratet, drei bzw. vier Kinder gezeugt und führen familiär wie beruflich ein erfülltes und zufriedenes Leben.

Sie fragen auch interessiert nach meinem Werdegang und erfreuen sich mit mir an dem Austausch der Erfahrungen, die zahlreiche Gemeinsamkeiten aufweisen.

„Peter bechert genauso viel wie in der Ober-prima", stellt Fritz fest. „Der bestellt sich jetzt schon sein fünftes Bier."

„Ich habe zwar nicht mitgezählt", meint Lothar, „aber sein Erzfeind Jochen und unser illustres Poli-tikpaar Johannes und Reinhold halten ganz gut mit."

„Ich trinke noch eine letzte Cola. Eigentlich wollte ich gar nicht mehr hier sein." Die beiden nicken ver-ständnisvoll.

„Ich bleibe auch nicht mehr lange. Ich muss schließlich noch dreihundert Kilometer heute Abend fahren", lässt uns Lothar wissen.

„Und du Fritz?". „Ich brauche mit dem Auto nur zehn Minuten, aber alt werde ich hier deshalb nicht."

Herr Unkel ist der erste, der sich mit einem Vers ver-abschiedet. „Es war mit Ihnen nett , doch jetzt muss ich ins Bett." Kurz darauf folgt die Dreiergruppe, mit der ich mich noch nicht unterhalten konnte.

Ich beeile mich, sie wenigstens per Handschlag wiedergetroffen zu haben, während der Wirt den deutlich Angeheiterten unter uns ein weiteres Bier bringt.

Danach setze ich mich zu den beiden Software-Ingenieuren. Meinhard und Rudolf sind mir sympa-thisch. Sie antworten bereitwillig auf meine Fragen, ohne dass sie selbst mir welche stellen.

So erfahre ich über ihren schriftlichen Steckbrief hinaus, dass der eine ein passionierter Reiter und der andere nach einer Hirnblutung dem Tod von der Schippe gesprungen ist.

„Verrückte Welt!", schießt es mir durch den Kopf.

Die Runde lichtet sich. Schließlich sind wir nur noch zu fünft.

Warum fahre ich jetzt nicht auch nach Hause? Ich bestelle mir einen Kaffee, während die Arztsöhne sich alkoholisiert eine weitere Kampfrunde leisten.

„Jochen, warum bist du ausgerechnet Frauenarzt geworden?". Peter setzt sein breites Grinsen auf.

„Damit ich an schöneren Stellen bohren kann, als du sie in faulen Zähnen findest", kontert der Gefragte.

Geht es noch vulgärer? Ja.

„Was juckt mich eine hässliche Patientin, wenn ich eine hübsche Alte zu Hause habe? Bei dir ist es wohl umgekehrt."

Johannes und Reinhold kugeln sich vor Lachen. Mir sträuben sich die Nackenhaare. „Ich fahre jetzt!".

„Lass mich noch meinen Cognac austrinken!". Johannes schwenkt großspurig sein Glas, leert es in einem Zug und steht auf.

„Reinhold und ich wollen noch ins Nachtclubviertel. Kommt ihr mit ?". „Klar!". Peter und Jochen mühen sich schwankend, ihre Jacken anzuziehen.

„Ohne mich! Ich fahre jetzt nach Hause." Meine wiederholte Ankündigung bringt Johannes auf eine Idee.

„Außer dir darf von uns keiner mehr ans Steuer. Du kannst uns ja mitnehmen und in der Stadt rauswerfen."

Ein Rest von Fürsorge in mir und die Aussicht auf das bevorstehende Ende dieses zweifelhaften Treffens überreden mich. „Na gut!".

Zehn Minuten später habe ich mit einigen Schwierigkeiten die vier Bier- und Schnapsfässer in meine Familienkutsche verfrachtet.

Die Strecke ist kaum ein Umweg für mich und die Fahrzeit überschaubar. Und trotzdem ist das Gejohle der eigentlich doch gereift sein müssten Männer kaum zu ertragen.

„Guck mal, da vorne winkt uns ein Bulle." Ich habe schon längst vor Peter das Polizeiauto wahrgenommen, das an der Einbiegung zum Rotlichtviertel offensichtlich auf Kundschaft wartet.

Auch das noch. Ich kurbele das Fenster runter und lächele den Beamten fragend an. „Guten Abend – Verkehrskontrolle. Zeigen Sie mir bitte Führerschein und KFZ-Schein!".

Ich reiche dem Polizisten die Papiere, während meine Fahrgäste munter weiterplappern. Dass er beim Durchblättern die Nase rümpft, kann ich dem Mann nicht verdenken. Der hochprozentige Dunst, der aus dem Autofenster zieht, quält auch mein Riechorgan.

„Haben Sie Alkohohl getrunken?". Diese Frage habe ich erwartet. „Nein – nur meine Kollegen!".

Der Beamte schaut über meinen Kopf hinweg ins Wageninnere. Er nestelt in seiner Jackentasche und zieht ein Blasröhrchen hervor.

„Bitte pusten Sie, bis der Beutel gefüllt ist!". Ich gehorche, fühle mich aber so etwas von im falschen Film. Die anderen saufen und ich muss mir das hier antun.

„Danke – es ist alles in Ordnung. Einen schönen Abend noch."

Ich fahre nur noch einige Meter weiter und stöhne: „Aussteigen!".

Ohne ein Dankeschön quälen sich meine Mitfahrer aus ihren Sitzen und schlagen die Autotüren zu. Geschafft.

Der Blick in den Rückspiegel belehrt mich eines Besseren. Auf dem Sitz hinter mir hängt mehr, als sie sitzt, noch die fleischgewordene Unzurechnungsfähigkeit.

Reinhold ist mit seinem Handy beschäftigt. Mir platzt gleich der Kragen. „Was hast du vor?".

„Meine bessere Hälfte", er stößt bedrohlich auf, „soll mich hier abholen." Wieder ein Rülpser. „Ich, ich, ich bin – so fertig!".

Es kümmert mich wenig, dass er nicht mehr in der Lage zu sein scheint, auf seinen Beinen stehen und hier warten zu können. Aber seine Frau tut mir leid.

„Lass sie mal besser schlafen!" Ich lege den Gang ein und fahre los. „Ehe sie hier wäre, habe ich dich schon längst nach Hause gebracht."

Hoffentlich kotzt er mir nicht ins Auto.

Die Fahrt führt an meinem Wohnviertel vorbei zum übernächsten kleinen Nachbarort. Reinhold hat vor Jahren auf dem Grundstück seiner Eltern gebaut.

Ich kenne aus Schulzeiten den Weg dorthin und bin auf die an jeder Straßenkreuzung zu spät gelallten Navigationshinweise meines Fahrgastes nicht angewiesen.

„Hallo, ich bin 's. Mach mir mal die Tür auf!". Ich traue meine Ohren nicht, als ich in die Wohnstraße einbiege und vor dem Haus anhalte.

Reinhold schnauzt weiter in sein Handy. „Was soll das heißen – es ist schon spät? Ich finde meinen Schlüssel nicht. Verdammt – ich will rein!".

Ich bin sprachlos. Der Volltrunkene schreckt nicht nur seine Frau auf, sondern bleibt doch tatsächlich noch so lange im Auto sitzen, bis nach geraumer Zeit endlich das Licht in der Diele aufleuchtet.

„Mach 's gut!" Eine Hand tätschelt mich von hinten auf die Schulter, bevor sie die Autotür schallend zuknallt.

Im Zickzackkurs steuert das personifizierte jämmerliche Ende dieses Abends auf die Haustür zu.

Endlich bin ich zu Hause. In der Küche brennt noch Licht und auf dem Tisch liegt ein Zettel.

Lieber Schatz, ich gehe jetzt (~1 Uhr) ins Bett. Es scheint dir doch gefallen zu haben. Gute Nacht!
P.S. Ich habe ein Bier in den Kühlschrank gelegt.

„Na denn Prost!", sage ich zu mir selbst und hole einen Flaschenöffner aus der Schublade. Ein Glas brauche ich heute nicht mehr.

Ich setze mich an den Küchentisch, strecke die Beine weit von mir und spüle den fürchterlichen Abend mit der Flasche Bier hinunter.

Das war das erste und letzte Mal, dass ich mich mit dieser Klasse wiedergetroffen habe.

Die Klassenlehrerin

Er fährt schon die dritte Runde um den Häuserblock des Stadtviertels. Hans-Jürgen Lorenz sucht einen Parkplatz in der Nähe des Seniorenheimes.

„Heute setze ich mein Vorhaben endlich in die Tat um", hat er seiner Frau beim Frühstück angekündigt. „Ich werde meine Volksschullehrerin Frau Schall besuchen."

Gott sei Dank – da fährt ein Auto weg und macht einen Platz frei. Er fischt sich ein Buch und das Klassenfoto aus dem ersten Schuljahr vom Rücksitz und geht zur nächsten Parkuhr. „Eine Stunde wird reichen", sagt er sich und wirft einen Euro in den Geldschlitz.

Auf der gegenüberliegenden Straßenseite rangiert gerade unbeholfen der Fahrer eines Kleinwagens. „Das ist doch ihr Sohn Wilhelm!" Herr Lorenz kennt den gleichaltrigen Mann schon seit Jahrzehnten, ohne dass dieser das Umgekehrte von sich behaupten könnte, und beschließt auf ihn zu warten.

Es ist gar nicht so einfach gewesen, das Altenheim zu ermitteln, in dem Frau Schall nun untergebracht ist. Auch dass sie gar nicht mehr in ihren eigenen vier Wänden wohnt, hat er nur durch Zufall erfahren.

Früher, als er noch im Finanzamt arbeitete, hatte er regelmäßig Kontakt mit seiner ehemaligen Klassenlehrerin. Er pflegte gegenüber, vor dem Garten ihres in die Jahre gekommenen Hauses, in der Mittagspause eine Zigarette zu rauchen.

Noch wenige Tage vor seiner ein halbes Jahr zurückliegenden Pensionierung traf er sie in Begleitung ihrer Pflegerin, von der sie mittlerweile betreut wurde.

„Wie geht es Ihnen, Frau Schall?". Die über ihren Rollator gebückte alte Dame drehte ihren Kopf, ohne ihn heben zu können, zur Seite und lächelte aus den Augenwinkeln nach oben.

„Ach Herr Lorenz, Sie sehen es ja selbst. Ich werde immer weniger." Mühsam, aber zielstrebig setzte sie einen Fuß vor den anderen. Sie trug Hausschuhe.

Er begleitete die beiden Frauen einige Meter auf dem Bürgersteig. „Das ist immerhin noch besser, als dass Sie mehr würden. Sonst wären Sie längst nicht mehr so mobil."

„Ich bin ja schon fünfundneunzig!" Ein stolzes und pfiffiges Lächeln huschte über das Gesicht der zierlichen Frau.

Es war die sympathische Pflegekraft, die Herr Lorenz ein paar Wochen später eröffnete, dass Frau Schall nun im Altenheim wäre.

Er war mittlerweile pensioniert und wunderte sich, als er zufällig an dem Haus vorbeikam, dass die altersschwachen braunen Holzfensterläden allesamt geschlossen waren.

„Ist meine Lehrerin erkrankt?", erkundigte er sich bei der blonden Betreuerin, die gerade den Plattenweg zur Haustür fegte.

„Nein. Frau ist gefallen. Sohn hat gesagt – sie muss in Heim." „Und wo?". „Da um Straßenecke. Zimmer dreiundzwanzig." Sie zeigt mit der Hand in Richtung des ehemaligen Rathauses.

Ihr Gegenüber nickte. „Und was tun Sie nun?". „Ich mache noch Ordnung", entgegnet die Gefragte. „Dann zurück nach Polen."

Das städtische Seniorenheim „Altes Rathaus" war Hans-Jürgen Lorenz bekannt und nicht in guter Erinnerung. Seine Mutter hatte dort die letzten Monate vor ihrem zehn Jahre zurückliegenden Tod zugebracht. „Hinter sich gebracht", warf er sich seit dieser Zeit vor.

Auch hatte er einmal seine Klassenlehrerin, als sie schon auf den Rollator angewiesen war, vor dem Gebäude angetroffen. „Wohin des Weges, Frau Schall?". „Ich besuche hier im Altenheim eine mir sehr liebe Freundin."

Offensichtlich hat Wilhelm Schall kein Kleingeld für die Parkuhr. Jedenfalls überquert der kleine, untersetzte Mann mit mühsamen, fast schweren Schritten die Straße und verschwindet in einem Zeitschriftengeschäft.

Herr Lorenz beschließt, weiterhin auf den Sohn seiner Lehrerin zu warten, und geht vor dem altehrwürdigen Bau auf und ab. Er betrachtet sich das Schild „Evangelische Seniorenresidenz der Johannesgemeinde", das über der Eingangstür angebracht ist.

Vor einigen Wochen, als ihm das alte Klassenfoto aus dem ersten Schuljahr in die Hände fiel, fasste er den Entschluss die junge, dunkelhaarige Frau auf dem Bild zu besuchen. Er erinnerte sich an die Worte der polnischen Pflegerin und fuhr zum „Alten Rathaus".

„Ich möchte gerne zu Frau Schall auf Zimmer dreiundzwanzig", eröffnete er der Dame an der Rezeption. „Die wohnt nicht mehr hier."

Herr Lorenz erschrak. „Ist sie etwa gestorben?". „Aber nein! Frau Schall ist auf eigenen Wunsch in ein kirchliches Heim in der Innenstadt gezogen." Mehr wusste sie leider nicht.

So setzte er sich am nächsten Tag ans Telefon, bis er nach dem vierten Anruf erfolgreich war.

„Ich dürfte Ihnen das aus Datenschutzgründen eigentlich nicht sagen, aber ihre ehemalige Lehrerin wohnt in unserem Haus", verriet die freundliche Frauenstimme am anderen Ende der Leitung.

So erfolgreich seine Suche auch war, so groß wurden mit einem Mal seine Zweifel, ob er den Besuch denn auch wirklich wagen sollte. Vielleicht würde sie ihn gar nicht mehr erkennen oder ihre Pflegebedürftigkeit wäre ihr in seiner Anwesenheit peinlich.

Nun – er kannte die alte Frau recht gut. Es hatte sich während seiner aktiven Dienstzeit so etwas wie eine Verbundenheit zwischen ihnen entwickelt.

Einmal im Winter, als er Überstunden machte und es auf dem Weg zum Parkplatz schon dämmerte, blieb er vor ihrem Küchenfenster stehen.

Er rauchte eine Zigarette und blies den anstrengenden Arbeitstag in den Abendhimmel. Die Gedanken, die das Bild der alten Frau hinter dem Fenster in ihm weckte, hielt er noch zu später Nachtstunde in einem Gedicht fest.

Fensterbild

Verdauend den Gedankenbrei
ging ich noch eine Ruherunde
und kam an ihrem Haus vorbei
nach viel zu später Arbeitsstunde.

In ihrer Küche schien schon Licht,
doch konnt' ich niemand darin sehen.
Obwohl ich weiß s' gehört sich nicht,
blieb ich vorm Fenster suchend stehen.

Ich ging ein Stück auf 's Haus noch zu,
erblickte so das tief gebeugte
und weiße Haupt in einer Ruh',
die von der Last des Alters zeugte.

Die Augen blickten müd zum Tisch –
ob sie ein Selbstgespräch wohl führte?
Denn ihre Lippen rührten sich –
ein Bild, das mich im Kern berührte.

Die alte Dame, die dort lebt,
ist mir vertraut seit meiner Jugend:
Zu lehren uns war sie bestrebt –
des Kindes Wohl galt ihr als Tugend.

Ja – die Lyrik war in den letzten Jahren zu seinem Hobby geworden. Er fand darin den wohltuenden

Ausgleich zu den Zahlen und Paragraphen, die seinen Alltag diktierten.

Einige Jahre zuvor – ihr deutlich älterer Ehemann weilte bereits seit einem Jahrzehnt nicht mehr unter den Lebenden – traf Hans-Jürgen Lorenz seine Lehrerin während der Vormittagspause in ihrem kleinen Garten.

Mit der rechten Hand auf einen Krückstock gestützt, mühte sie sich mit einer Harke in der linken das Herbstlaub aus dem Rosenbeet zu kratzen.

„Guten Morgen, Frau Schall. Warum lassen Sie sich denn nicht von ihrem Sohn helfen?". „Ach, Herr Lorenz, der hat mit sich selbst genug zu tun. Außerdem geht es mir an der frischen Luft gut."

Sie lächelte verschmitzt ihren Gesprächspartner an. „Aber Sie können mir gerne die Gartenmülltonne holen. Sie steht dort hinten vor der Garage."

Die Ladentür des Zeitschriftengeschäftes öffnet sich. Wilhelm Schall schlurft zum Parkautomaten und verweilt dort. Er scheint die Bedienungsanleitung ausführlich durch seine dickrandige Brille zu studieren.

„Er ist alt geworden", denkt sich der immer noch wartende Herr Lorenz.

Es dauert für ihn auffallend lange, bis die Münzen nacheinander im Geldschlitz verschwunden sind.

Als Frau Schalls Mann, ebenfalls Lehrer, noch lebte und beide im wohlverdienten Ruhestand waren, traf

Hans-Jürgen Lorenz das Ehepaar an einem Wochenende.

Der Finanzbeamte war mit seinen beiden Söhnen auf den Feldern und Wiesen oberhalb der Stadt unterwegs, um den Herbstwind zum Drachensteigen zu nutzen.

„Das ist Herr Lorenz", stellte ihn die Frau ihrem Gatten vor. „Er war Schüler meiner allerersten Volksschulklasse. Und das ist meine bessere Hälfte Joseph." Die beiden Herren begrüßten sich mit einem Händeschütteln.

„Lorenz, Lorenz." Der schlanke, fast dürre und kleingewachsene Mann stöberte unter seinem schütteren Haar im Gedächtnis. „Ihr Gesicht kommt mir irgendwie bekannt vor."

„Ja – Sie waren in der neunten Klasse mein Biologielehrer." Der alte Herr tippte sich mit zwei Fingern auf die Stirn. „Ich kann mich nicht an den Namen erinnern."

Sein Gegenüber versuchte ihm zu helfen. „Ich hatte ganz viele Mitarbeitspunkte, die sie am Ende der Unterrichtsstunde zu verteilen pflegten."

„In der neunten Klasse fällt mir dazu nur Manfred Lay ein. Und ich habe ein sehr gutes Gedächtnis." Herr Schall schien sich seiner Sache sicher zu sein.

„Papa, können wir nun endlich die Drachen steigen lassen?". Der ältere der beiden Jungen zupfte schüchtern an Vaters Jackenärmel.

„Joseph, wir sollten nun weitergehen." Die Frau lächelte. „Einen schönen Sonntag noch Ihnen und Ihrer Familie!".

Am nächsten Morgen, als Herr Lorenz wieder zur Zigarettenpause vor dem Schallschen Garten weilte, ging plötzlich die Haustür auf.

„Ich habe sofort nachgeschaut. Tatsächlich hat ein Hans-Jürgen Lorenz sein Mitarbeitskästchen voller Punkte." Herr Schall hielt dem rauchenden Mann am Zaun sein aufgeschlagenes altes Notenbuch zum Beweis hin. Der Angesprochene lächelte zustimmend.

Offensichtlich konnte sich der ehemalige Biologielehrer seine Gedächtnislücke nicht verzeihen. Er schüttelte immer noch den Kopf, als die beiden ihr Gespräch schon auf weitere Erinnerungen gelenkt hatten.

So erfuhr Herr Lorenz, dass das Lehrerehepaar Schall eine Privatschule gegründet hatte, als er selbst gerade am Gymnasium eingeschult worden war.

„Wir haben damals hinterm Haus einen Anbau mit zwei Klassenräumen und einem separaten Eingang errichtet."

Der alte Herr wies auf den Gebäudeteil, den sein Zuhörer seit seinem Berufsstart am Finanzamt nur als kleines Café, dann Fitness-Studio und schließlich als Versammlungsort eines exotischen Glaubenszirkels kannte.

„Die Unternehmung Privatschule endete aus wirtschaftlichen Gründen schon nach wenigen Jahren." Er blickte nachdenklich auf den Anbau.

„Meine Frau kehrte an die Volksschule zurück und ich hatte das Glück, eine Vertretungsstelle am hiesigen Gymnasium zu bekommen."

„Und die Klassenräume?". „Erst standen sie leer". Herr Schall machte eine Pause. „Nachdem dann später mein Sohn Wilhelm sie genauso naiv wie geschäftlich erfolglos genutzt hatte, vermietete ich sie an eine Glaubensgemeinschaft."

Er zeigte auf das Schild „Jesus liebt auch dich" an der Eingangstür des Nebengebäudes.

„Das Finanzamt ruft." Hans-Jürgen Lorenz blickte auf seine Armbanduhr. „Eine letzte Frage noch – was macht Wilhelm heute? ". „Woher kennen Sie ihn?".

„Aus dem ersten Schuljahr, als er mit mir in die Klasse Ihrer Frau ging. Ich sehe ihn seit Jahren auch von meinem Bürofenster aus, wenn er Sie gelegentlich besucht. Er wird mich längst vergessen haben."

Herr Schall räusperte sich und lenkte seine Augäpfel himmelwärts. „Ich will es einmal so sagen: Wilhelm lässt es sich gut gehen. Er macht vieles, aber nichts richtig."

Während der Zaungast die Straße zum Dienstgebäude überquerte, erinnerte er sich: „Willimännlein". So hatte seine Volksschullehrerin ihren Sohn immer dann genannt, wenn er mal wieder nicht gehorchen wollte. Und dies wollte er häufig.

Endlich ist der Parkschein an seinem Platz auf dem Armaturenbrett deponiert. Wilhelm Schall bewegt sich mit Zeitlupenschritten in Richtung Seniorenheim.

Die kurze Hose, die Tennissocken in ausgetretenen Sandalen und das zu kurze und zu weite T-Shirt wirken alles andere als vorteilhaft für einen Mann seines Alters.

Gut – es ist heiß", denkt sich der immer noch Wartende. „Aber in einer solchen Aufmachung muss man seine Mutter nicht besuchen."

Er geht dem Herannahenden entgegen. „Guten Tag, Herr Schall. Ich sah Sie mit Ihrem Auto vorfahren und habe auf Sie gewartet."

Der Angesprochene bleibt stehen und lässt – genauso überrascht wie irritiert – seine verschwitzte Stirn ein Fragezeichen runzeln. „Wie bitte?".

„Ich möchte Ihre Mutter besuchen. Sie war im ersten Schuljahr meine Klassenlehrerin." Herr Lorenz fischt das Foto aus dem Buch in seiner Hand und hält es seinem Gegenüber hin.

„Sie waren ja auch in dieser Klasse. Schauen Sie hier – rechts in der mittleren Reihe." „Wie ist denn der Name?" Dem Mann in kurzer Hose ist die Angelegenheit immer noch rätselhaft.

„Hans-Jürgen Lorenz. Und Sie hat Ihre Mutter meistens Willimännlein genannt." Wilhelm Schall zuckt mit den Schultern und schickt sich an weiterzugehen.

„Ich weiß das alles nicht mehr." Sein zaghaftes Lächeln ermuntert seinen ehemaligen Mitschüler, ihm in Richtung Eingang des Seniorenheimes zu folgen.

„Ich bleibe auch nicht lange", erklärt Herr Lorenz, als sie das kühle Treppenhaus betreten. Seinem Begleiter bereitet der Weg in den ersten Stock sichtlich und auch hörbar Mühe. Mit jeder Stufe atmet er schwerer bis hin zum Stöhnen.

„Ihr Sohn!". „Wie bitte?". „Ihr Sohn, ihr Sohn!" Die beiden alten Damen am Tisch im Aufenthaltsraum reden wild gestikulierend auf die zierliche, weißhaarige Frau ein, die mit dem Rücken zur Tür in einem Rollstuhl sitzt.

Herr Lorenz tritt neben sie. „Das ist nicht mein Sohn", belehrt Frau Schall die Anwesenden. „Das ist der Finanzbeamte Herr, Herr ...".

„Lorenz", hilft ihr der Besucher weiter. „Und Ihr ehemaliger Schüler."

„Das ist aber eine Überraschung!". Die Augen der Lehrerin strahlen den Mann an. Ihm erscheinen ihre Arme und Beine noch dünner, der Rücken noch gekrümmter und die Gestalt noch kleiner seit der letzten Begegnung geworden zu sein.

Er kniet sich neben den Rollstuhl, während ihr Sohn sich schweigend im Hintergrund hält. „Wie geht es Ihnen, Frau Schall?".

„Ich muss jetzt hier wohnen." „Sie dürfen." „Ja – aber daheim war es schöner. Nun hat Wilhelm mein Haus verkauft. Hin und wieder besucht er mich." Sie hat noch nicht bemerkt, dass er auch anwesend ist.

„Ich habe Ihnen etwas mitgebracht." Herr Lorenz reicht ihr das Buch und legt das Klassenfoto darauf. Er schaut sich im Raum um, während Frau Schall interessiert mit ihren feingliedrigen Händen, die noch kein Zittern kennen, die Seiten durchblättert.

Die beiden Damen gegenüber am Tisch verfolgen mit halboffenem Mund das Geschehen. Im Rollstuhl neben der quicklebendigen Lehrerin dämmert mit geschlossenen Augen ein Mann, der dem Betrachter nicht viel älter als er selbst erscheint.

„Das ist ja interessant, dass Sie als Finanzbeamter sich lyrisch betätigen." Frau Schall hat schon mit der Lektüre begonnen.

„Ein Gedicht ist Ihnen gewidmet", verrät Herr Lorenz seiner daraufhin verschmitzt lächelnden Zuhörerin.

Er weist mit dem Finger auf das Foto in ihrer Hand. „Zeigen Sie mal Ihren Mitbewohnern die junge und hübsche Lehrerin hier hinter den braven Erstklässlern."

Sie schaut sich das Bild lange an, seufzt leise und verkündet dann laut und stolz: „Die junge Lehrerin wird im nächsten Monat sechsundneunzig Jahre alt."

„Wie meine Mutter, wenn sie denn noch leben würde", denkt wehmütig ihr alter Schüler.

„So, nun sollte Ihr Sohn mit Ihnen in den Park gehen. Es ist zu schön draußen, um hier im dunklen Raum zu sitzen." Herr Lorenz erhebt sich aus seiner knienden Position und legt seine Hand liebevoll auf den dünnen Unterarm der alten Dame.

„Ach – Wilhelm ist auch hier?" Mit einer Mischung aus Peinlichkeit und Unwillen treten die Tennissocken aus dem Hintergrund hervor.

„Wir sehen uns hoffentlich noch einmal!". Frau Schall strahlt ihren Gast, der die Bedeutung dieser Worte einzuschätzen weiß, erwartungsvoll an.

„Dann bringe ich Ihnen, wenn Sie mögen, ein Eis mit." „Wie bitte?". Sie hat die Frage nicht verstanden. „Ob du Eis magst", schnauzt ihr Sohn dazwischen.

Hans-Jürgen Lorenz hört nicht mehr hin und springt die Treppenstufen zum Ausgang hinunter.

„Jetzt kann ich die Geschichte aufschreiben", sagt er sich laut, als er die Pforte des Seniorenheimes passiert. Die diensthabende Angestellte schaut dem gutgelaunten Mann erstaunt hinterher.

Keine Klasse

Draußen regnet es in Strömen. Markus schaut durch das Fenster auf den Schulhof. Heute geht es ihm gar nicht so gut, wie es sein Nachname Wohlfahrt vermuten lassen könnte. Und dies liegt nicht am Wetter.

Gerade hat er nach dem Pausengong der zehnten Klasse eröffnet, dass dies seine letzte Informatikstunde gewesen sei. „Ich habe zum Monatsende meine Referendarstelle gekündigt, weil der Lehrerberuf nichts für mich ist," hat er kurz erklärt und sich dann ans Fenster gestellt

Markus Wohlfahrt ruft noch ein „Macht 's gut!" den Schülerinnen und Schülern hinterher, die sich schon in Richtung Ausgang des Computerraumes bewegen. Er schaut wieder durch die regennasse Glasscheibe nach draußen, während er sich nachdenklich mit der Hand die blonden, schulterlangen Haare aus der Stirn streicht.

Schließlich räumt er seine Sachen in den Rucksack, hängt ihn lässig über die rechte Schulter und folgt mit langsamen, schlurfenden Schritten den Zehntklässlern.

Der kleine Markus war ein stilles Kind, das sich stundenlang alleine beschäftigen konnte. Wenn er sich in seiner Welt der Dinosaurier-Spielfiguren verloren hatte, musste ihn seine Mutter mehrfach zum Essen rufen.

Einmal, als er wieder nicht gleich kam, stampfte sein Vater ins Kinderzimmer, schrie den Jungen an und zerrte ihn an den Essenstisch.

„Du bist zu weich!", raunzte Herr Wohlfahrt seine Ehefrau an. „Der Junge träumt doch nur durch die Gegend. Und wie sein Zimmer wieder aussieht!".

Mutter und Kind ducken sich unter den Vorwürfen und schlucken sie mit den stumm zerkauten Bissen hinunter.

Nach der Mahlzeit musste Markus seine geliebten Dinos in die dafür vorgesehene Plastikkiste räumen, obwohl er sie gerne hätte weiterkämpfen lassen.

Dann stand der Vater – mit einem Ball unter den Arm geklemmt – in der Tür. „Ich habe dich im Fußballverein angemeldet", lässt er seinen Sohn wissen. „Komm' mit runter in den Hof! Wir trainieren etwas, damit du dich nicht blamieren musst."

Das Intermezzo im Fußballverein war eine einzige Katastrophe – noch mehr für Herrn Wohlfahrt als für Markus. Man stellte den blonden Jungen kurzerhand ins Tor, weil sich der Trainer – ein Kneipenfreund des Vaters – dachte, dass er dort am wenigsten falsch machen könnte.

Doch Markus machte alles falsch, was ein Torwart falsch machen konnte. Er mühte sich, aber Fußball war einfach nicht seine Welt. Die Niederlagen, die seine Mannschaft kassierte, gerieten ins Zweistellige.

Der Vater zog die Notbremse und meldete Markus aus dem Verein ab, ohne ihm die vorwurfsvollen Worte zu ersparen: „Wofür habe ich die teure Torwartmontur gekauft? Du bist ein Verlierer und hast einfach keine Klasse!".

Das Kind war gerade mal sechs Jahre alt und konnte die Bedeutung dieses Urteils allenfalls erahnen. Aber traurig war es schon und das Wort „Klasse" brannte sich in sein Gedächtnis.

Markus besuchte die sechste Klasse des Gymnasiums, als sich seine Eltern trennten. Der Vater hatte Ehefrau und Kind satt und zog seiner Wege.

Die auf ihre Weise erleichterte Mutter nahm wieder ihre Arbeit als Verkäuferin auf und machte damit gezwungenermaßen ihren Sohn zum Schlüsselkind.

Der Junge fand die Nachmittage, an denen er nun alleine zu Hause war, gar nicht so übel. Er hatte seine Ruhe und nutzte sie ausgiebig – allerdings nicht für die Schularbeiten.

Allzu oft nahm er sich Papier und Bleistift und entwarf stundenlang neue Spielwelten, wie er sie auf den Gameboy-Bildschirmen seiner Klassenkameraden gesehen hatte.

Einer von ihnen zeigte sich gelegentlich betont gönnerhaft und überließ Markus auf dem Pausenhof sein elektronisches Statussymbol. Und der genoss diese wenigen Minuten mit strahlenden Augen.

Obwohl das Geld hinten und vorne kaum reichte – noch nicht mal für einen Friseurbesuch von Mutter und Sohn, brachte Frau Wohlfahrt eines Abends einen Gameboy aus der Stadt mit.

Ob dies nun aus mütterlicher Zuneigung oder aus einem schlechten Gewissen heraus geschah, war für Markus unerheblich. Er hatte jetzt endlich einen Freund an seinen Nachmittagen.

Der Elternsprechtag nach den Halbjahreszeugnissen

stand an. Markus hätte diesen Termin seiner Mutter gerne vorenthalten, aber die hatte sich nach seinen schlechten Zeugnisnoten schon selbst über das Datum informiert. Der Tag entwickelte sich für die Frau zu einem Spießrutenlaufen.

„Ihr Sohn arbeitet nicht mehr mit, sondern träumt nur noch vor sich hin", konstatierte die Englischlehrerin.

Ihr Kollege von der Mathematik berichtete: „Markus hat zwar das Potential für den Umgang mit Zahlen und Logik, aber er nutzt es nicht und macht so gut wie nie seine Hausaufgaben."

Der Deutsch- und Klassenlehrer, beendete seine anklagenden Ausführungen mit dem Urteilsspruch: „Er hat einfach nicht das Zeug für einen Gymnasiasten. Ihm fehlt die Klasse dazu. Melden Sie ihn doch besser bei der Realschule an."

Frau Wohlfahrt war sprachlos und verließ den Gerichtsort traurig und entsetzt zugleich.

Am Schuljahresende schaffte Markus die Versetzung in die siebte Klasse mit Ach und Krach. Die eindringliche Ansprache seitens der Mutter und der wohlwollende Druck seines Mathematiklehrers hatten ihn gerettet.

Der Junge hatte alle ihm mögliche Energie in sein Rechentalent investiert und konnte mit der erreichten Zwei die Deutschfünf ausgleichen. Die äußerst knappe Vier in Englisch und die durch Sport und Kunst ausgeglichenen Fünfen in Biologie und Erdkunde ließen das Zeugnis zwar nicht berauschend aussehen, aber es reichte als Eintrittskarte in die nächste Klassenstufe.

Frau Wohlfahrt dankte diesem Umstand – sei es aus Erleichterung heraus oder als Leistungsansporn für den Sohn gedacht – mit dem Kauf des ersten Computers in ihrem Haushalt.

„Du musst unbedingt mal zum Friseur!". Die Worte schienen den jungen Mann vor dem Monitor nicht zu erreichen. Seine Finger flogen über die Tastatur.

„Markus – ich spreche mit dir!", versuchte die Mutter an diesem Abend zu insistieren, als sie mal wieder reichlich müde von der Arbeit nach Hause gekommen war.

„Ja, ja – aber lass' mich bitte weiterprogrammieren", speiste der Angesprochene die ratlose Frau ab. Sie schüttelte den Kopf und verließ das Zimmer.

Markus ging in dieser Nacht spät ins Bett – viel zu spät für einen Jungen, der mittlerweile die neunte Klasse besuchte.

Am nächsten Morgen war von Markus nur der blonde Schopf schulterlanger, aus der Bettdecke hervorquellender Haare zu sehen, als Frau Wohlfahrt sich vergeblich mühte, ihn zu wecken und in Richtung Schule zu schicken.

Sie hatte es in diesem Schuljahr schon oft erlebt, dass sie am Telefon ihren Sohn beim Sekretariat des Gymnasiums krankmelden musste, bevor sie sich selbst zur Arbeit mehr schleppte, als dass sie ging.

Und so wählte sie heute wieder die Nummer, die sie schon auswendig konnte.

Markus absolvierte das Abitur, wenn auch nach einer Ehrenrunde in der zehnten Klasse und mit dem denkbar schlechtesten Notendurchschnitt von 4,0.

Er hatte die letzten Jahre mit seiner Mutter eine stille Vereinbarung getroffen. Sie ließ ihn in Ruhe, fragte nicht viel nach seinem durchlebten Tag und er stellte keine Ansprüche, die den schmalen Geldbeutel einer Verkäuferin mehr als nötig in Verlegenheit brachten.

Markus war genügsam, hatte er doch seinen Computer und den unbeschränkten Zugang zum Internet.

So blieb er meist zu Hause, trieb seine Programmierkenntnisse voran und entdeckte den Reiz der Onlinespiele, die ihn nächtelang vor dem Bildschirm bannten.

Die Frage, was er nun nach dem Abitur machen sollte, schob er vor sich her, ohne an die Antwort einen ernsthaften Gedanken zu verschwenden.

„Das Essen ist fertig." Frau Wohlfahrt musste ihren Sohn wieder einmal zur abendlichen Mahlzeit rufen. Markus trottete die Treppe herunter, setzte sich wortlos an den gedeckten Tisch und stocherte versonnen in seinem Spaghetti-Teller.

„Warum studierst du eigentlich nicht Informatik?", unterbrach die Mutter das Schweigen.

Ihr Gegenüber blickte kurz vom Teller auf, sagte aber nichts und drehte die nächste Nudelportion auf die Gabel.

„Du bist doch fit am Computer!". „Mama, du hast keine Ahnung." Markus legte sein Besteck nieder.

„Das ist ein Hammerstudium, das sich aus meinem Jahrgang nur Jan zutraut. An dessen Klasse mit einem Abi-Schnitt von 1,1 reiche ich niemals heran", erklärte er dem fragenden Mutterblick. „Allenfalls als Lehramt", schob er noch nach, ehe er sich wieder stumm seinem Essen widmete.

Zwei Jahre später befand sich Markus mitten im Lehramtsstudium für Informatik und Mathematik. Er wohnte weiterhin zu Hause, hatte er doch die Universitätsstadt gewählt, die gerade mal zwanzig Kilometer von seinem Heimatort entfernt lag.

Er kam zurecht – mehr schlecht als recht – so wie er in der Oberstufe zurechtgekommen war. Das Programmieren fiel ihm zwar leicht, aber die theoretische Informatik und die höhere Mathematik entsprachen überhaupt nicht seinem Interesse.

Eine Kommilitonin hatte ein Auge auf den jungen blonden Mann geworfen. Ob es nun die zu einem Pferdeschwanz gebundenen Haare, die stille Art oder seine Versiertheit am Computer waren, ließ sie nicht erkennen, als sie Markus nach einer Übungsstunde in praktischer Informatik das erste Mal ansprach.

„Kannst du mir bei den Programmieraufgaben helfen?". Der Gefragte zögerte.

„Du musst es auch nicht umsonst machen", fuhr die Studentin fort. „Mein Papa bezahlt alles – und das nicht schlecht." Sie lächelte Markus vielsagend an. „Übrigens heiße ich Sandra – Sandra König."

„Das ist es nicht. Ich weiß nur nicht wo wir ...". Weiter kam er nicht.

„Natürlich bei uns. Wir wohnen gerade um die Ecke." Die junge Frau schaute erwartungsvoll ihren Kommilitonen an, der mit einem „Ok!" das Gespräch beendete.

Ein gutes Jahr später schob Markus einen Kinderwagen durch das Universitätsgelände, um ihn Sandra nach deren Vorlesungsende zu überlassen. So war es abgesprochen.

Ob nun Sandra ihn oder Markus sie verführt hatte, war für den Vater der jungen Mutter nicht sonderlich interessant gewesen.

Die Hochzeit nach Bekanntwerden der Schwangerschaft, die Ausstattung zur Geburt der kleinen Joana und das Anmieten einer Wohnung für die jungen Eltern – alles hatte in den finanzstarken Händen des Bankdirektors Werner König gelegen.

Das Kind im Wagen schrie. Markus hielt inne und drehte sich eine Zigarette – so wie er das seit seiner Schulzeit pflegte. Er meinte dann besser nachdenken zu können.

Obwohl er spät dran war, blieb er während des Rauchens noch stehen und inhalierte den blauen Dunst in tiefen Zügen. Die Kleine schrie weiter.

„Wo bleibst du denn?". Sandra war sichtlich genervt. „Joana schreit die ganze Zeit", entgegnete Markus und schien zu glauben, dass dies als Antwort reichen müsste. Jedenfalls betätigte er mit dem Fuß die Feststellbremse des Kinderwagens und ging wortlos seiner Wege.

Die junge Mutter nahm das Kind auf den Arm und schaute kopfschüttelnd dem blonden großen Jungen hinterher. Joana beruhigte sich augenblicklich.

Markus zog sich zunehmend aus der fremdgesponserten kleinen Familie zurück, weil ihm seine Probleme über den Kopf zu wachsen drohten.

In seiner nächtlichen Computerwelt existierten keine Klausuren, kein schreiendes Baby, kein Ruf nach seiner Vaterrolle, keine überforderte und fordernde Partnerin und kein Schwiegervater am Geldhahn.

Er stieß im Internet auf ein Portal, in dem Poker mit Echtgeld gespielt wurde. Und er gewann – anfangs. Als er dann verlor, musste er weiterspielen – weiter und weiter.

Aber er verspielte immer mehr des Haushaltsgeldes, bis er eines Tages Sandra gestand: „Ich habe Schulden gemacht". Mehr nicht.

Er ging vor die Haustür und drehte sich aus den letzten Krümeln seiner Tabakdose eine Zigarette. Er konnte und wollte das Weinen seiner Frau nicht ertragen müssen.

Sandra rief ihn nach einer halben Stunde vergeblich zum Abendessen.

„Werner, reg dich ja nicht auf!", beschwor Frau König ihren Mann, nachdem sie ihm vom Anruf ihrer Tochter erzählt hatte. „Denk an dein Herz!".

„Da soll ich mich nicht aufregen, wenn mein Schwiegersohn nachts mein Geld im Internet verzockt?".

Er kochte vor Wut. „Den schmeiße ich raus!", fügte er noch hinzu und griff sich seinen Autoschlüssel.

Sandra hatte am Nachmittag im Elternhaus angerufen und ihre Mutter um einen außerplanmäßigen finanziellen Zuschuss gebeten. Auf deren Nachfrage hin hatte ihr die Tochter nach anfänglichem Zögern offenbart: „Mein Mann ist ein Spieler".

Mehr noch – sie hatte danach ihr ganzes Herz ausgeschüttet. Dass Markus sie und Joana so oft alleine ließe, dass er im Studium nicht recht vorankäme und sich den Pflichten eines Familienvaters entziehen würde.

„Warte Werner – ich komme mit!", rief Frau König ihrem Gatten hinterher, griff sich Mantel und Handtasche und eilte aus dem Haus. Fast hätte sie ihr eigener Mann überfahren – so schnell schoss der schwarze Mercedes aus der Garage.

Während der Fahrt machte sich Herr König Vorwürfe. „Ich hätte es besser wissen müssen. Alleinstehende, mittellose Verkäuferin – verzogener, langhaariger Sohn. Das konnte ja nichts werden." Seine Frau schwieg.

„Und wir selbst haben es noch ermöglicht, dass er Sandra in unseren eigenen vier Wänden schwängert", ärgerte er sich weiter und gab Vollgas.

„Sag doch mal was!", raunzte er nach einer Schweigeminute seine Beifahrerin an. „Du hast Recht, Werner", gehorchte sein Frau, „wie immer."

Als der Wagen vor der Wohnung der jungen Familie Wohlfahrt anhielt, trottete ein blonder, langhaariger Mann mit einer Reisetasche – schon ein paar Häuserreihen weiter – die Straße entlang in Richtung Bushaltestelle.

Herr König sprang aus seinem Mercedes und schrie ihm hinterher: „Verschwinde und lass dich hier nie wieder blicken! Dir fehlt jegliche Klasse für meine Tochter und meine Enkelin."

Der Gehende drehte sich nicht um – auch nicht, als er seine Kippe mit dem Zeigefinger der freien Hand in hohem Bogen auf die Straße schnippte.

Markus zog wieder zu Hause ein. Irgendwie schien Frau Wohlfahrt damit gerechnet zu haben.

Jedenfalls ersparte sie ihm tiefergehende Nachfragen und versorgte den Zwei-Personen-Haushalt, wie sie es vor dem eineinhalbjährigen Intermezzo der Abwesenheit ihres Jungen gemacht hatte.

Mehr noch – sie bezahlte seine Spielschulden mit ihrem über die Jahre mühsam ersparten Geld.

Markus dankte ihr auf seine Weise. Er schwor dem Online-Zocken ab, ohne dass er ihr davon erzählte. Das musste er auch nicht. Sie sah es ihm an.

Eines Morgens fand er auf seinem Computertisch ein Buch, das ihm die Mutter dort hingelegt haben musste, als er noch geschlafen hatte. „Söhne ohne Väter" las er darauf.

Er ließ es liegen und trottete die Treppe hinunter, um sich in der Küche an einem Instant-Espresso wach zu schlürfen.

„Sohn ohne Vater," hörte Markus sich sagen, ging wieder in sein Zimmer, drehte sich eine Zigarette und griff nach dem Buch.

Auf der Rückseite des Umschlages las er:

Zwei Therapeuten ... spüren den Ursachen von Beziehungslosigkeit, innerer Einsamkeit und Suchtanfälligkeit nach und stoßen bei dieser Suche auf die große Bedeutung, die Väter für Söhne haben.[*]

Als Frau Wohlfahrt am Abend nach Hause kam, trug Markus noch immer Schlaf-T-Shirt und Boxershorts.

---

[*] Zitat aus G.M. Vogt, St.T. Sirridge: Söhne ohne Väter – vom Fehlen des männlichen Vorbildes, Verlag Krüger 1993

Er hatte gerade seine Lektüre abgeschlossen und leerte – das Buch unter den Arm geklemmt – den übervollen Aschenbecher.

„Woher hast du das Buch?", fragte er ohne weitere Begrüßung die sichtlich müde Frau.

„Ich habe es mir gekauft, nachdem dein Vater ausgezogen war und du zum ersten Mal in der Schule Schwierigkeiten hattest. Du zogst dich immer mehr zurück."

„Und warum hast du es mir heute hingelegt?", wollte Markus noch wissen. „Weil du jetzt erst seinen Inhalt verstehen und Erklärungen für dich selbst darin finden kannst."

Der Sohn nickte. Er hatte Buch und Mutter verstanden.

Das folgende Jahr lief gut für Markus. Er schrieb seine Abschlussarbeit in Informatik – konzentrierter und konsequenter, als er es je für möglich gehalten hätte – und bestand alle erforderlichen Prüfungen.

Zur Note ausreichend in Mathematik gesellte sich ein glattes Gut in Informatik.

Und er hatte Kontakt zu Frau und Kind, nach denen er sich mehr sehnte, als er es sich zunächst eingestehen wollte.

Die kleine Joana rannte ihrem Vater auf dem Spielplatz freudig entgegen, während Sandra ihren Ehemann per Handschlag begrüßte. Das Kind vergnügte sich im Sandkasten, so dass die Erwachsenen Zeit hatten, ihre Reserviertheit abzulegen.

Es war Markus, der begann. „Wie geht es euch?". „Ganz gut", antwortete Sandra knapp.

„Das heißt?", fragte ihr Gegenüber weiter. „Joana geht nächsten Monat in die Kita. Dann beginne ich eine Banklehre bei meinem Vater. Mein Studium habe ich sausen lassen." Sandra schaute ihn an, als wollte sie von ihm Besseres hören.

Markus berichtete von seinem Studienabschluss und seiner Absicht, sich baldmöglichst um eine Referendarstelle zu bewerben.

„Mit Informatik als Mangelfach ist das genauso unproblematisch, wie ich danach eine Planstelle bekommen kann", verkündete er verheißungsvoll. Seine Augen suchten die seiner jungen Frau, die zum Sandkasten blickte.

Er wartete, bis sie den Kopf wieder zu ihm drehte und fuhr fort: „Ich werde ein festes und regelmäßiges Einkommen haben." Sandra zog ihre Augenbrauen hoch.

War das nun ein Zeichen von Skepsis oder von Erstaunen? Markus wusste es nicht.

Er hatte sich doch so viel für den Nachmittag vorgenommen. Nun traute er sich nicht mehr, vor Sandra von seinen Familienplänen zu träumen.

„Lass uns mal nach Joana schauen", schlug er stattdessen vor. „Ich glaube, dass der dicke Junge dort drauf und dran ist, sie mit Sand zu bewerfen."

Markus schaute Mutter und Kind noch lange hinterher, als sie an diesem Nachmittag wieder ihrer Wege gingen.

Er drehte sich eine Zigarette und rauchte sie – immer noch auf der Stelle verharrend – zu Ende, als die beiden schon längst an der nächsten Straßenecke aus seinen Augen verschwunden waren.

„Hallo und guten Morgen! Mein Name ist Wohlfahrt – Markus Wohlfahrt." Die Schüler aus der Informatikgruppe der zehnten Klasse – vornehmlich Jungs – schauten sich mit einer Mischung aus Verwunderung und Erheiterung untereinander an.

Dieser langhaarige Blonde sollte ihr neuer Lehrer sein? Sie setzten sich an die Computertische, checkten Mäuse, Monitore und Tastaturen und unterhielten sich.

Markus war nervös. Seine erste Stunde als Referendar im eigenverantwortlichen Unterricht hatte er sich anders vorgestellt.

Er nestelte an seinem Rucksack, um den Zettel mit der Vorbereitung herauszufischen. Wo war der nur? Der Lärmpegel stieg.

„Fahrt schon mal die Rechner hoch!", versuchte er die Zeit zu überbrücken. Die Schüler rückten mit den Stühlen, drückten Knöpfe und hauten mehr auf die Tastatur, als dass sie darauf tippten. Es wurde noch lauter im Computerraum.

Endlich – da war der verdammte Zettel. Markus blickte hoch. „Was machst du denn da?".

Ein Schüler schwenkte mit ausgestreckten Armen seinen Monitor so hoch über dem Kopf hin und her, dass das Kabel zum Abreißen gespannt war.

„Ich soll doch meinen Rechner hochfahren", grinste der Gefragte seinen neuen Lehrer an. Das schallende Gelächter der Mitschüler glich für Markus einer Ohrfeige.

Der Rest der Stunde verlief nicht weniger chaotisch. Die Schüler verstanden nicht, was ihr Lehrer von ihnen **wollte** und dieser verstand nicht, dass sie nicht das taten, was er von **ihnen** wollte.

„Kann ich dir helfen?". Markus versuchte mit dem Monitorschwenker Frieden zu schließen. „Lassen Sie mal, sonst verfangen sich Ihre Haare noch in der Tastatur", ließ dieser den Fragenden abblitzen.

Der angehende Lehrer kam in der Folgezeit auch mit seiner Mathematikklasse nicht zurecht. Er vertraute sich dem Referendarbetreuer der Schule an, der bei ihm ein paar Stunden hospitierte.

„Sie schaffen kommunikativ keine Beziehung, fachlich keinen altersgemäßen Zugang und methodisch keine Empathie für den Lernstoff", war das zwar sachlich formulierte, aber für Markus vernichtende Urteil.

Er sprach Fachkollegen an, fragte bei den Schülern nach, las nachts in Lehrerforen und dachte nach – sehr viel nach, wenn er in den Pausen vor dem Schulgebäude rauchte.

War der Misserfolg etwa eng mit seiner Persönlichkeit verbunden? War er unfähig soziale Bindungen aufzubauen? Wie sollte er – unabhängig von der inhaltlichen Vorbereitung – auf die ihm anvertrauten Schüler eingehen? Solche Fragen stellte sich Markus. Und er fand keine Antworten.

Als die Fachleiter des Studienseminars nach den ersten Lehrproben in beiden Fächern dem Referendar Wohlfahrt bescheinigten: „Sie erfüllen in keiner Hinsicht die Anforderungen an den Lehrerberuf", gab sich der junge Mann auf.

Er machte ohne die Kontrolle der Ausbildenden in seinem eigenverantwortlichen Unterricht irgendwie sein Ding weiter – mehr schlecht als recht. Er brauchte doch das Geld.

Und immer wieder meldete er sich nun für ein bis zwei Tage krank. Im Kollegium wurde schon getuschelt.

„Wir sind doch kein Wohlfahrtsinstitut für zum Scheitern verurteilte Möchtegernlehrer," spielte ein Kollege ärgerlich auf den Namensträger an, als er für diesen zum wiederholten Male zur Vertretung eingeteilt wurde.

„Das geht so nicht weiter!", konstatierte der Elternsprecher der Klasse 9a im Büro des Direktors.

„Unsere Kinder lernen nichts im Mathematikunterricht und sind durch diese Person irritiert. Herr Wohlfahrt ist eine Zumutung", regte er sich auf.

„Er ist ja noch in der Ausbildung", versuchte der Schulleiter den Beschwerdeführer zu besänftigen.

„Sollen die Schüler dabei etwa als Versuchstiere herhalten?". Der Elternvertreter war empört. „Diesem Mann können Sie doch keine Klasse alleine anvertrauen."

„Ich werde mich persönlich um die Angelegenheit kümmern", versprach der Angesprochene. Und er kümmerte sich darum.

Markus Wohlfahrt schließt die Tür zum Computerraum ab. Er nestelt seine Tabakdose aus der Jackentasche, um sich eine Zigarette zu drehen und wartet bis der letzte Schüler seiner zehnten Klasse am Ende des Ganges um die Ecke gebogen ist. Dann erst setzt er sich langsam in Bewegung.

Der Gong läutet die nächste Unterrichtsstunde ein und die Flure leeren sich. So gelangt Markus – unbehelligt von Begegnungen und Blicken – ins Freie.

Auf der Außentreppe des Schulgebäudes zündet er sich seine Zigarette an, inhaliert einen tiefen Zug und bläst den Rauch in den regengrauen Himmel.

„Rauchen ist ungesund – junger Mann." Die alte Frau von Gegenüber trotzt auf dem Bürgersteig vor ihrem Haus dem Regen und macht ihren täglichen Spaziergang.

Sie kennt den langhaarigen Junglehrer mit Zigarette aus den morgendlichen Begegnungen. Und immer hat er ihr – auf ihre Ermahnung hin – einen flapsigen Kommentar geschenkt.

Markus lächelt die Frau an, zuckt mit den Schultern und ruft zur anderen Straßenseite hin: „Ich habe keine Klasse – ich habe einfach keine Klasse!".

Über tredition www.tredition.de

Der tredition Verlag wurde 2006 in Hamburg gegründet. Seitdem hat tredition Hunderte von Büchern veröffentlicht. Autoren können in wenigen
leichten Schritten print-Books, e-Books und audio-
Books publizieren. Der Verlag hat das Ziel, die beste
und fairste Veröffentlichungsmöglichkeit für Autoren zu bieten.

tredition wurde mit der Erkenntnis gegründet, dass
nur etwa jedes 200. bei Verlagen eingereichte Manuskript veröffentlicht wird. Dabei hat jedes Buch seinen Markt, also seine Leser. tredition sorgt dafür,
dass für jedes Buch die Leserschaft auch erreicht
wird

Autoren können das einzigartige Literatur-Netzwerk
von tredition nutzen. Hier bieten zahlreiche Litera-
tur-Partner (das sind Lektoren, Übersetzer, Hör-
buchsprecher und Illustratoren) ihre Dienstleistung
an, um Manuskripte zu verbessern oder die Vielfalt
zu erhöhen. Autoren vereinbaren unabhängig von
tredition mit Literatur-Partnern die Konditionen ihrer Zusammenarbeit und können gemeinsam am
Erfolg des Buches partizipieren.

Das gesamte Verlagsprogramm von tredition ist bei
allen stationären Buchhandlungen und Online-Buch-
händlern wie z. B. Amazon erhältlich. e-Books stehen
bei den führenden Online-Portalen (z. B. iBookstore
von Apple) zum Verkauf.

Seit 2009 bietet tredition sein Verlagskonzept auch
als sogenanntes "White-Label" an. Das bedeutet, dass

andere Personen oder Institutionen risikofrei und unkompliziert selbst zum Herausgeber von Büchern und Buchreihen unter eigener Marke werden können.

Mittlerweile zählen zahlreiche renommierte Unternehmen, Zeitschriften-, Zeitungs- und Buchverlage, Universitäten, Forschungseinrichtungen, Unternehmensberatungen zu den Kunden von tredition. Unter www.tredition-corporate.de bietet tredition vielfältige weitere Verlagsleistungen speziell für Geschäftskunden an.

tredition wurde mit mehreren Innovationspreisen ausgezeichnet, u. a. Webfuture Award und Innovationspreis der Buch-Digitale.

tredition ist Mitglied im Börsenverein des Deutschen Buchhandels.